SANSY WARS SAGA
VIAGGIO NEL TEMPO

ALESSANDRO LACASELLA

INDICE

RINGRAZIAMENTI

Vorrei ringraziare con affetto tutte le persone che, direttamente ed indirettamente, hanno contribuito alla realizzazione di questo iniziale progetto: i miei familiari, ROB, Federica, Il Vero Sansy, Il Falso, Nicola, Martina, Anto, PEPP (A prescindere), Dennis, DOM, Fedele, i migliori DM, le migliori DMF e i Sounds Of Liberty.

PROLOGO

*Il cancello del **Paradiso DM***

L'eterna lotta tra il **Bene** e il **Male** era giunta finalmente al termine.

L'infinito conflitto tra due antiche **divinità** aveva contaminato ogni luogo, pianeta e creatura. Aveva pianto vittime e creato tiranni, inneggiato eroi e punito i codardi.

EQUILIBRIO...

Alla fine era stato raggiunto un equilibrio: l'apparente completo annientamento del demone *Eledef* ad opera di *Valorosi Guerrieri* illuminati dalla saggia e benevola guida del dio *Sansy*, il loro divino creatore, aveva finalmente consentito di lasciare in eredità alle nuove generazioni un universo governato da pace, giustizia e privo di qualsiasi forma di oscurità.

Il dio oramai non aveva alcun timore che il nefasto mostro, suo acerrimo nemico, potesse osare liberarsi per l'ennesima volta dalla gabbia di energia che fino a quel momento l'aveva trattenuto, il "Sigillo Pentarca", poiché era stato completamente e definitivamente distrutto assieme al pianeta che lo ospitava.

A tutti i *Cavalieri di Sansy* sopravvissuti fino al termine del conflitto, era stata promessa una ricompensa senza eguali...
Il "*Paradiso DM*" ...
Un luogo celeste appositamente generato per loro dal potere divino.

Li tutti gli Eroi, resi eterni dal loro creatore in maniera tale da potersi beare dei doni meritati per le loro battaglie, avrebbero vissuto in pace e armonia in un idillio fatto di feste e di gioia senza fine.

Purtroppo però... la promessa di *Sansy*, per quanto mantenuta, non si poteva dire che fosse stata davvero vantaggiosa per coloro che si erano salvati dagli orrori della guerra contro *Eledef*.

Questo manoscritto è solo una briciola di quelli che saranno molti altri testi, forgiati dalle mani e dai ricordi di coloro che hanno vissuto in prima persona ogni tetro giorno del conflitto.

Sono orgoglioso di annunciare ufficialmente l'inizio della saga di *Sansy* **Wars**

CAPITOLO 1
IL PARADISO

Aleax Raven *afflitto tra le nuvole*

NELLAH È UN PERSONAGGIO NON BINARIO: NEL SUO CASO VUOLE CHE VENGANO UTILIZZATI A PIACIMENTO PRONOMI SIA MASCHILI CHE FEMMINILI E RIFERIMENTI CON I GENERI SPESSO IN CONTRASTO TRA LORO.

Il *Paradiso DM* era, se si vuole usare un termine gentile, alquanto "noioso".

Nella migliore delle ipotesi, anche se esso rappresentava un porto sicuro e inattaccabile poiché garantito dalla costante supervisione di *Sansy*, alla fin fine la sostanza di quell' apparente altra-dimensione non era altro che un'infinita pianura desolata fatta di luce e nubi che si spandevano in cielo come in terra.

In questo scenario, una forma di vita umanoide se ne stava col capo chino. Era seduto su di una nuvola, modellata da egli stesso a mo' di "poltrona-celeste"

Aleax Raven se ne stava li... immobile e pensieroso. Immerso nel silenzio ventoso del *Paradiso DM* pensava tra sé e sé:

<Ora sono qui>.

<Anche se sono sempre libero di andar via>.

<Andar via... Ma per dove?>.

Fuori da quel luogo idilliaco di tranquillità esisteva ancora un intero universo, colmo di nuova vita e di speranza, con tanta voglia di ricominciare dopo la disfatta del maligno, ma a lui tutto ciò non interessava, non era affatto soddisfatto nonostante la vittoria.

Tenendo il capo chino sentì facilmente l'avvicinarsi di qualcuno, d'altronde erano solo in tre in quel *Paradiso DM*. Lentamente alzò la testa coperta da un cappuccio nero, appuntito come il cappello di uno gnomo da giardino...

<Ehi...>.

Salutò *Aleax* con un mite sorriso che gli increspò le labbra rimanendo seduto nelle nuvole di nebbia solida.

<Bentornata Nellah>.

Esclamò timidamente mentre una scimmietta antropomorfa con le fattezze di una bambina gli sorrise felice.

<Come stai papino?>.

Chiese *la* piccolo-essere agitando un po' la coda dietro di sé ad esternare la sua felicità nel rivedere il genitore dopo la sua scampagnata per il *Paradiso DM.*

<Non sono felice...>.

Ammise dopo qualche secondo **Raven**.

<...per niente>.

Aggiunse con aria mesta facendo cadere dietro di sé la coda di **Nellah**.

La creaturina, in un disperato tentativo di scuotere il papino dal suo torpore, prontamente gli domandò:

<Allora, che cosa non va bene?>.

Piegando la testa impellicciata.

Aleax alzò lo sguardo quel tanto che bastava ad incrociare quello di suo figlia: nonostante le dimensioni ricordassero quelle di un bambino, al di là dei suoi rotondi occhiali rosa, gli occhi umani di **Nellah** tradivano inconfondibilmente un'intelligenza di gran lunga superiore alla norma.

Dopo qualche secondo di silenzio continuò:

*<Abbiamo sconfitto **Eledef**, abbiamo sconfitto il male assoluto...>*.

Rievocando l'eroico gesto con un sorriso che rimane fisso sul suo volto solo per qualche istante prima di rabbuiarsi di nuovo.

<...ma a quale prezzo>.

Fa notare a **Nellah** mentre rimaneva in paziente silenzio ad ascoltare lamenti già sentiti dal genitore.

*<Tutti i nostri amici, tutti i nostri compagni non ci sono più e ora siamo qui, nel **Paradiso DM**, ma siamo soli... e non c'è gloria nella solitudine>*.

Concluse senza neppure il bisogno di guardarsi attorno.

*<Ma almeno c'è il buon dio **Sansy** qui con noi! >*.

Propose **Nellah**, mentre pigramente muoveva la coda dietro di sé, per fargli notare che non erano completamente abbandonati a loro stessi.

*<Ciao **Sansy**>*.

Borbottò prontamente **Raven** con tono rassegnato: istantaneamente un fascio di luce iniziò a condensarsi attorno ai due mentre una voce baritonale, al contempo buffa e solenne, proveniva direttamente dalla zona più illuminata dello stesso

*<Ciao **Raven**... Ciao **Nellah**>*.

Salutò entrambi per poi sparire facendo tornare l'illuminazione normale.

Tornati nuovamente soli **Aleax** riprese il suo monologo:
*<Sono felice che ci sia **Sansy**, ma lui non è umano, non è come noi, non si può interagire realmente con lui e soprattutto è un essere troppo superiore per capire il mio stato d'animo>.*

La scimmietta piazzò le manine sui fianchi e gli fece notare:
*<Ma papino, anche io non sono completamente umana, e non è carino parlare così di **Sansy**!>.*

Prima che il triste guerriero le potesse replicare, la pseudo-sfuriata di **Nellah** venne mitigata dal suono trillante di qualcosa proveniente dalla tasca destra del suo camice bianco, tanto piccolo da sembrare quasi un grembiulino scolastico.

Nellah tirò fuori dalla tasca, con estrema attenzione a non graffiarlo con le sue piccole dita scimmiesche, un oggetto all'apparenza simile ad un orologio blu. Esso brillava di luci e vibrava come uno smartwatch durante la ricezione di una telefonata.

*<Ehi papino! Ti chiama **Principio Gallio**, rispondi! Magari sono buone notizie>.*
Facendo un balzo e avvicinandosi di nuovo al genitore, gli allungò quindi il "**Super-Shock**".
Per quanto **Aleax** avesse giurato di non indossarlo più al polso dopo la sconfitta di **Eledef**, si rassegnò ad accettare la cosa con mite stupore.

*<Oh, l'illustre scienziato **Principio Gallio**, chissà che avrà combinato questa volta>.*
Ironizzò mentre manipolava l'orologio per farne uscire l'ologramma dell'anziano inventore, o meglio solo della sua barba bianca.

*<Mi senti? **Raven**? Ci sei?>.*
Chiedeva con il suo caratteristico incalzante interloquio.

Principio Gallio era solito parlare rapidissimamente poiché le sinapsi dei suoi neuroni generavano impulsi e pensieri a velocità quàdrupla rispetto ai comuni umani: il dono della parola quasi non gli bastava per esprimere cotanti complessi concetti appena formulati.

*<Sei troppo vicino! Allontanati dal **Super-Shock**>.*
Lo istruì di nuovo.

<Ah, eccoti, bene>.
Raven preferì non commentare a riguardo lasciando il tempo all'anziano umano di parlare.

<Volevo dirti che sono riuscito a costruire una macchina del tempo>.
Aleax fu moderatamente sorpreso, d'altronde bisognava vedere se fosse realmente funzionante.

<Wow! Hai davvero costruito una macchina del tempo?>.
Chiese entusiasta, ma alzando un sopracciglio in segno di diffidenza, ricordandosi della sua ultima invenzione che gli aveva salvato le penne e di altrettante che avevano rischiato di mandarlo precocemente al "creatore ***Sansy***".

<Si, ragazzo, ti aspetto qui, ti fornirò tutti i dettagli in seguito>.

Chiudendo la chiamata **Raven** guardò **Nellah** che con un sorrisetto scosse la coda, come se già sapesse tutto, ed esclamò:
<Si va dal nonnino!>.

Con **Principio Gallio** non vi erano dei veri legami di sangue, ma alla fine, essendo il mentore di **Nellah** era diventato un parente acquisito.

Aleax accettò di buon grado di lasciare il **Paradiso DM**: una volta salutato **Sansy** andarono a riappropriarsi della loro navicella di classe **Desceend**.

Il piccolo caccia stellare si era sempre rivelato estremamente comodo, grazie al sistema di occultamento, nel tenere in contatto **Raven** con **Nellah** che solitamente rimaneva in comunicazione radio dall'orbita del pianeta di turno mentre *"il papino"* compieva il suo dovere.

Avvicinandosi alla carlinga, **Nellah** si posizionò comodo nella sua poltrona da copilota e mentre **Aleax** si sistemava meglio sul tessuto sintetico della propria, lei cominciava a pigiare i tasti corretti per impostare la rotta spaziale per giungere al rendez-vous con l'anziano maestro.

Estremamente silenziosa, la navicella uscì velocemente dall'atmosfera del **Paradiso DM** vagando a motori spenti nel vuoto cosmico per qualche chilometro sfruttando l'inerzia generata dai due potenti reattori con la precedente spinta.

<Allacciamo le cinture: "Si viaggia" >.
Esclamò **Raven** citando un'espressione spesso usata da un suo caro vecchio amico.

Durante la navigata **Nellah** era molto tranquilla, al contrario il guerriero incappucciato non riusciva a rilassarsi:

<Fra quanto arriviamo?>.
Chiedeva ad intervalli di pochi minuti l'uomo che fremeva dall'emozione di poter mettere le mani su qualsiasi cosa fosse in grado di potergli dare la speranza di riuscire a salvare i suoi amici in toto.

<Quando smetterai di chiedermelo, papino>.

Rispose di botto come faceva lui quando era lei a ripetere per troppe volte le stesse domande.

Nellah affermò frettolosamente dopo un sospiro rassegnato:
<Arriveremo tra qualche ora a questa velocità>.

<Anzi no, fra centoventi ore, papino>.
Rettificò qualche istante dopo, controllando meglio il computer di navigazione.

<Cinque giorni?! Cinque giorni non sono "qualche ora" **Nellah***!>.*
Domandò retoricamente **Aleax** con una voce di tre tacche più acuta.

<Mi spiace papino, ma purtroppo durante la Battaglia Finale contro **Eledef** *uno dei motori è stato parzialmente danneggiato e quindi la nave sta viaggiando a velocità ridotta>.*
Sbiascicò **Nellah** stringendosi nelle spalle.

<Talvolta il sentiero più lungo può rivelarsi inaspettatamente il più rapido>.
Filosofeggiò (~~malamente?~~) **Raven** ruotando il capo per poterle parlare chiaramente.

*<Sento che mi stai per chiedere di deviare dalla nostra rotta, ho capito dove vuoi andare papino, ma non voglio tornare in quel posto! È pieno di trappole ed insidie! Ho paura che torni il "***papino malvagio***" se ti uccidono>.*
Spiegò il bambina scemando in un gorgoglio lontano e **Aleax** venne commosso dai suoi sentimenti facendolo sciogliere in un tenero sorriso.

*<Il "***papino malvagio***" non arriverà più, per ora. Non penso che nella galassia sia rimasto ancora in vita qualcuno in grado di tenermi testa>.*
Affermò per farla sentire meglio, mentre annuiva con il musetto nascosto nel pelo nero della spalla.

Dopo qualche minuto di riflessione la piccolo riprese coraggio guardando il proprio riflesso in uno dei vetri sigillati dell'abitacolo. Stava per assecondare il cambio di rotta precedentemente richiesto dal genitore ma indugiò ancora qualche secondo perché incantata nel guardare le stelle oltre il cristallo appannato dal suo respiro.

Raven invece una volta sistemato il cappuccio sulle spalle rettificò:

<Nellah, lo sai che mi fido cecamente delle tue capacità analitiche. Avvisa Principio Gallio che faremo più ritardo del previsto, per favore>.

Il piccola cominciando a digitare lentamente il messaggio sul comunicatore si immerse nei suoi pensieri…
<…non ho mai dubitato delle capacità del papino…>.

<…è illogico pensare che possa accadergli qualcosa in quel luogo pieno di rottami…>.

<…le mie preoccupazioni sono solo frutto di ansia e stress, non posso intralciare la missione…>.

<…probabilmente qualcuno dei miei bio-impianti di potenziamento cerebrale deve essersi danneggiato, chiederò al maestro di ripararlo quando giungeremo da lui…>.

Pensando queste cose nel lampo di un istante, **Nellah** stoppò la digitazione del messaggio e corresse la sua precedente affermazione:
*<Papino, ci ho ripensato, il nostro obiettivo è arrivare quanto prima da **Principio Gallio**, quindi approvo la tua proposta di deviazione verso **Doommonia** per cercare qualche pezzo di ricambio da montare sul motore danneggiato>.*

Aleax annuì semplicemente. Si stava già preparando psicologicamente a rivedere dopo tanto tempo quel cimitero spaziale.

CAPITOLO 2
DOOMMONIA

*In rotta verso **Doommonia***

Doommonia *si pronuncia: [dummonia]*

Intanto che aspettavano entrambi di giungere alla vicina **Doommonia** con il minimo dispendio di carburante, tenendo i motori al minimo, la navicella **Desceend** schivava agevolmente, grazie ai comandi di volo immessi da *Raven*, i detriti spaziali in orbita attorno al *relitto* dell'enorme *Piramide Metallica*.

Nel frattempo *Nellah* continuava ad osservare fuori dai finestrini, come fossero enormi schermi dei cinema, i rottami che fluttuavano nel nulla, alle volte collidendo tra loro e generando leggeri lampi dei più disparati colori che il suo spettro visivo riusciva a vedere.

La mente di *Aleax* cominciò subito a ripopolarsi di antichi ricordi su **Doommonia**.

Era un luogo che in realtà era sempre stato caotico, tutto sommato non ci si poteva aspettare molto altro dal più grande centro di arruolamento della galassia. Era *"la mecca"* per ogni vero mercenario che poteva concedersi di lavorare per il suo sovrano **KingDom**, accaparrandosi di fatto i migliori armamenti in circolazione, tanto che era normale vagare per la stazione spaziale armati fino ai denti.

Raven aveva imparato in fretta a evitare scaramucce per non rischiare di dover combattere con loro poiché spesso e volentieri quei soldati alimentati a steroidi avevano improvvisi scatti di ira e sbalzi d'umore.

Alla fin fine *Aleax* avrebbe anche potuto dire di avere bellissimi ricordi di **Doommonia**, con tutta la sua roba e i variegati personaggi che vi abitavano.

Il problema è che l'ultima sua memoria di quel luogo, cronologicamente parlando, sono gli occhi di luce dorata che brillavano attraverso le feritoie dell'elmo infuocato del suo compagno d'avventure *Fenixx Il Pentarca* che gli intima di scappare mentre lo sottrae dalle grinfie di un'abominevole *creatura* mandata da *Eledef* che stava per penetrarlo con le sue affilate protuberanze.

Il demone infatti aveva deciso di conquistare, marciando con il suo esercito, il pianeta artificiale dei mercenari.

Questo evento, noto ai più come
"LA CADUTA DI DOOMMONIA",

segnò profondamente l'animo di **Raven** poiché quel giorno perirono moltissimi dei suoi compagni.

I *mostri infiniti* di **Eledef** erano riusciti, eludendo le difese orbitali della stazione, a schiantarsi sul terreno metallico in una palla di fango e lava. In seguito iniziarono subito a riprodursi nelle ombre, all'inizio uccidendo furtivamente per piacere e per fame, poi via via che le fila si ingrossavano, invasero l'intera piramide diventando chiaramente un problema.

Le milizie mercenarie capitanate da **KingDom** li affrontarono valorosamente, ma nonostante la qualità (discutibile?) delle truppe, alla fine vennero sovrastate.

Aleax, dopo l'ordine di ritirata impartitogli da **Fenixx Il Pentarca,** isolò la sua mente e il suo sguardo diventando insensibile alla vista dei suoi amici gendarmi che l'uno dopo l'altro cadevano sotto le schiere dei mostri. Aveva compreso di non poter fare più niente di realmente utile per salvarli ed era solamente determinato a ricongiungersi con **Nellah** per assicurarsi che fosse sana e salvo.

Terminate le manovre di atterraggio e sceso dalla navicella, **Raven** all'inizio non comprese esattamente se quello che stava vedendo, quella desolante visione a dirla tutta, fosse davvero **Doommonia**.

Un tempo era una *piramide a base quadrata* perfetta nei suoi gradoni di materiale sconosciuto che luccicava fin da lontano per avvisare tutti della comparsa di un posto sicuro dove potersi leccare le ferite.

I gradoni si congiungevano tra loro su di un lato a formare una *lunga serpentina* che portava fino alla *cima tronca*.

Ora la sua antica lucentezza era svanita per fare posto ad una piramide cosparsa di crateri su ogni fronte: un cimitero a cielo aperto di umani, mostri e macchine.

Anche a distanza di tempo, a causa della bassa gravità, nella rarefatta atmosfera della stazione spaziale si poteva ancora notare una sospensione di goccioline contenenti tracce ematiche e dei più disparati fluidi corporei alieni, così tante che per **Aleax** erano impossibili da evitare. Ogni passo si trasformava per lui in un vero e proprio "*bagno di sangue*".

<*Vuoi un ombrello?*>.
Chiese **Nellah**, con un tono tragicomico per cercare di distogliere l'attenzione del "papino" da quello spettacolo assai triste.

*<No grazie **Nellah**, piuttosto attiva il volo manuale e seguimi lentamente con la **Desceend**. La spinta generata dai reattori dovrebbe riuscire a spostare le particelle liquide disperse nell'aria>.*
Rispose con estrema serietà il guerriero.

Lentamente la navicella avanzava in quella che sembrava una sconfinata fossa comune. Oltre il ronzio dei motori e il calpestio degli stivali di **Raven,** l'unico altro suono udibile nell'arco di chilometri era il tintinnio dello scanner attivato da **Nellah** alla ricerca di pezzi di ricambio utili per il motore.

Mentre i due avanzavano nel vuoto, **Aleax**, che pur essendo un grande guerriero e pilota non era mai stato un esperto di meccanica ed ingegneria, non la smetteva di tempestare **Nellah** di domande nella foga di terminare quanto prima l'incarico e ripartire alla volta di **Principio Gallio.**

<Ma precisamente cosa stiamo cercando? >.

<Ha una forma riconoscibile? >.

<Come faremo a montarlo? >.

*<Tranquillo papino, ci serve semplicemente una "cella di energia" di ricambio. Purtroppo, durante la battaglia finale nell'orbita del pianeta **Eledef,** nonostante questo vascello fosse occultato, un volatile alieno colpito da un missile alleato è esploso rilasciando un potente acido corrosivo che è andato a finire proprio a contatto con il compartimento energetico del motore destro>.*
Chiarì la preparatissima scimmietta.

*<Grazie **Nellah** per questa dettagliatissima e prolissa delucidazione dell'accaduto>.*
Rispose scherzando **Raven**.

Le strade lastricate della *piramide* erano consunte dalle innumerevoli camminate di uomini e veicoli. Cosparse di pezzi di materiali organici e rifiuti di chi, anche prima dell'attacco nemico, non si preoccupava molto di tenere pulite le zone in cui abitava.

Lungo la serpentina vi era un susseguirsi di accampamenti delle varie guarnigioni dell'esercito di **KingDom**. Erano disposti in base al prestigio dei soldati che vi dimoravano cosicché man mano, salendo verso la cima, vi fossero guerrieri sempre più valorosi.

Dopo essere avanzati per alcuni chilometri circondati solo da nebbia insanguinata **Nellah**, dall'alto dell'abitacolo della **Desceend** che fluttuava al di sopra di **Aleax,** iniziò a scorgere qualcosa all'orizzonte e disse:

<Ehi papino! C'è un edificio circondato da una cinta muraria poco più avanti... Dalla forma sembrerebbe essere una "D00M Caserma" abbandonata. Li dentro sicuramente troveremo tutte le celle di energia di cui abbiamo bisogno>.

<Perfetto! Sarà una passeggiata allora!>.
Rispose **Raven** già pregustando una rapida ripartenza con i motori della nave operativi al 100%.

Nellah era così sicura di ciò poiché tutte le *D00M strutture* erano dei prefabbricati dotati di potenti reattori che all'occorrenza potevano decollare a scopo difensivo o semplicemente per riassegnare la propria posizione all'interno della base atterrando da qualche altra parte.

Doommonia, dopo la caduta di **KingDom**, era diventata una città-fantasma. Chi non era riuscito a scappare sicuramente era stato divorato dai mostri di **Eledef**... O almeno questa era l'idea che **Aleax** si era fatto a riguardo.

Varcato il perimetro dell'accampamento, i due si diressero nel centro di quest'ultimo.

<Papino, è molto strano, rilevo dei movimenti e delle fonti di calore all'interno della struttura>.
Disse **Nellah** preoccupato.

*<Ma è impossibile! I mostri di **Eledef** dovrebbero essere periti automaticamente dopo la sua sconfitta, e a tutti i nostri soldati venne ordinato categoricamente di abbandonare la piramide per unirsi al resto dell'esercito... potrebbero essere dei rifugiati... oppure dei DISERTORI!>.*
Ribattette prontamente **Raven** con fare al contempo preoccupato e minaccioso.

21

Aperta la rampa di accesso alla struttura, che fungeva da porta, con un movimento verso il basso, il subconscio di *Aleax* per un attimo si aspettava il solito caloroso benvenuto che i soldati riservavano ai propri superiori ed agli eroi di fama universale come lui.

Mentre sognava il passato ad occhi aperti, al contrario, questa volta, udì un *urlo inumano* provenire dai meandri dell'edificio.

L'incappucciato, spaventato, spalancò gli occhi ed aguzzò la vista nel tentativo di scrutare al suo interno ma purtroppo l'illuminazione venne improvvisamente interrotta. Se li dentro c'era qualcuno o qualcosa non aveva affatto gradito la visita a sorpresa del guerriero.

<Papino, purtroppo non posso entrare all'interno con l'astronave. Vuoi che ti segua a piedi questa volta?>.
Chiese **Nellah**, timorosa di dover affrontare in prima persona pericoli sconosciuti.

<Assolutamente no, squadra vincente non si cambia! Piuttosto ho bisogno del supporto dei tuoi scanner. Posizionati sul terrazzo della D0OM Caserma. Io recupero qualche cella di energia e poi ti raggiungo lì per l'estrazione>.
Lo rassicurò **Raven**.

<Agli ordini papino!>.
Esclamò entusiasta **Nellah** prima di prendere quota.

Messo il primo passo all'interno di quel tetro luogo, *Aleax* fiutò immediatamente il pericolo: il suo stivale non produsse il caratteristico tonfo dell'impatto con il pavimento metallico dei prefabbricati, bensì affondò dolcemente in un sottile e morbido strato di *melma* leggermente appiccicosa.

Raven, come paralizzato, avvicinò lentamente il **Super-Shock** alla bocca attivando il comunicatore con sguardo sospettoso: *<Nellah... credo ci sia un'infestazione di mostri qui... Il pavimento è completamente ricoperto da biostrato>.*

<Credevo che tutti i mostri di Eledef si fossero dissolti dopo la sua distruzione. A quanto pare forse mi sbagliavo. Comunque papino, ti consiglio di procedere con cautela e ovviamente attiva il rilevatore di termico!>.
Lo istruì la suo preparatissima assistente.

<Giustissimo! Grazie del consiglio Nellah>.

Ringraziò e poi pensò fra sé e sé:

<È troppo buio qui...>.

E **Aleax** con un colpo di polso, in un lampo di luce, sguainò la *spada di energia* del suo **Super-Shock.**

Risuonando con un fragore di tuono illuminò completamente l'ingresso della struttura con la maestosa luce blu che rifletteva sulle poche superfici metalliche non ancora ricoperte da gelatina aliena.

<Si va in scena>.
Sussurrò giocosamente il guerriero quasi felice di un po' di azione dopo tanto ozio forzato nel **Paradiso DM**.

Camminando lentamente, passo dopo passo, iniziò a percorrere, brandendo la spada come fosse una fiaccola, il breve corridoio che l'avrebbe portato nell' androne principale della *D00M Caserma*. L'ingresso apparentemente sembrava essere stato sigillato con travi di legno anch'esse parzialmente ricoperte da *biostrato*.

Lungo il tragitto **Raven** rivide vividamente i rimasugli ormai corrosi dal tempo di alcune *D00M Pistole* e di altre armi usate in passato dai sudditi di **KingDom**.

Per *lui* erano oramai "solo" pezzi di metallo senza valore, buoni da fondere per riuscire a ottenere materie prime di ricambio ma, proiettandosi nel futuro e immaginando il suo ormai prossimo incontro con **Principio Gallio**, ricordò che quest'ultimo avesse una furiosa mania collezionista di cimeli di tempi ormai andati e che lo scienziato puntualmente amava mostrarli a tutti i suoi scarni visitatori.

Il guerriero perciò, stando attento a non trafiggersi con la sua stessa lama, si chinò per raccogliere qualcuna di quelle armi fossilizzate per donarla come presente all'inventore.

Tutti i pensieri e le immagini della collezione vecchia e desueta di **Principio Gallio** passarono in secondo piano non appena, intascati gli oggetti, il silenzio venne squarciato da un nuovo urlo terrificante proveniente dall' altra parte della sottile membrana di legno e melma che lo separava dall'androne principale.

Decise quindi di forzare l'ingresso ed affrontare senza timore i suoi potenziali nemici.

CAPITOLO 3
LA CASERMA

Il Sergente Cazzuola

Non appena la suola dello stivale impattò contro la porta, essa cadde producendo un rumore sordo e tremolando lievemente sul terreno colloso come a cercare di mitigare il metodo poco gentile di **Aleax**.

All'interno lo stanzone era enorme, ben più del regolare ingresso delle *D00M Caserme*: sembrava che alcuni muri fossero stati abbattuti, e altri costruiti, per modificare la disposizione delle stanze nello stabile.

Cominciarono ad accavallarsi pensieri su pensieri nella mente sospettosa dell'"*intruso*":

<Esistono dei mostri muratori? ...>.

<Forse davvero ci sono superstiti ...>.

<Ma il biostrato ...>.

Raven rimase un secondo bloccato sulla porta con gli occhi che sbattevano di stupore e, mentre si allargava il colletto della veste, una goccia di sudore gli colò dalla fronte a causa dell'aria calda e fetida che si respirava lì dentro.

Si riprese con un paio di colpi di tosse ed esclamò a voce piena:

<C'è nessuno? Buongiorno! >..

Provando a dirlo il più forte possibile mentre sporgeva il capo per vedere meglio.

Improvvisamente, mimetizzato da una catasta di materiali riciclati e altri rifiuti, venne fuori una figura umanoide, in tuta corazzata, agitando le due braccia a tre dita e un naso aquilino a metà tra una il becco di un'aquila e un naso umano.

Costui, dopo averlo fissato male con occhietti furbi iniziò a sbraitare sbracciandosi:

<Sei sordo? Ti abbiamo detto di andartene!>.

Aleax riconobbe subito il timbro vocale e capì che le urla disumane udite precedentemente molto probabilmente provenivano dalla strana protuberanza nasale di quell'essere ibrido metà umano, metà mostro che aveva dinanzi.

Assumendo una posizione difensiva gli rispose sarcasticamente: *<Scusa, non avevo compreso il significato del tuo strambo strido...>*.

A **Nellah,** che era sempre in ascolto, non era sfuggito nemmeno un dettaglio della breve frase pronunciata dal "mezzo-mostro" e subito intervenne:
<Papino, stai attento! Ha parlato al plurale! E quelle cataste di rifiuti surriscaldati confondono il rilevatore termico! Potrebbero sbucarne altri!>.

<Grazie della dritta, non ti preoccupare, ho tutto sotto controllo...>.
Assicurò con un tono deciso "il papino" prima di pensarci un secondo e aggiungere...

<...Credo>
con un'alzata di spalle come se ci avesse pensato solo in quel momento.

Raven riprese a dialogare con un sorriso in volto:
*<Voi siete ex soldati di **KingDom**? Ne ho visti di tipi strani nel suo esercito... Ma mai così tanto strani! >*.

La creatura sollevando il capo e mostrando il suo sorriso sdentato rispose sprezzante:
*<Dovresti essere più sveglio, sai? Noi eravamo umani come te... prima che voi ci abbandonaste qui durante l'attacco! L'infestazione è stata la nostra salvezza: quei mostri anziché divorarci ci hanno resi orrendi servi di **Eledef**... ma pur sempre vivi!>*.

Aleax basito non fece in tempo a replicare che percepì una voce provenire dalla sua sinistra.

<Che c'è? Pensi che siamo dei traditori?>.
Chiese impunemente un secondo ex-soldato apparentemente meno corazzato degli altri, mentre un terzo, dalla destra, prendeva parola con una vocina sottile e fastidiosa.

<Non vuoi riabbracciare i tuoi vecchi compagni?>.
Esclamò, generando uno scroscio di risate nelle più differenti tonalità.

<L' infestazione! Dovresti provarla anche tu caro amico!>.

Replicò il portavoce, mentre un altro dei tre fece eco alle sue parole, alimentato dalla presenza e dal supporto del resto del branco.

Raven non si fece troppo intimorire, rimanendo impassibile.

*<Voi mi state mentendo! I mostri di **Eledef** si sono dissolti dopo la sua dipartita!>.*
Dichiarò con un tono autoritario, brandendo la lama di luce.

<Papino... Pensandoci bene... Essendo per metà umani, probabilmente dopo la sconfitta del nemico, i loro corpi sono rimasti inalterati e solo le loro menti sono tornate libere dall'influenza del demone!>.
Lo corresse entusiasta **Nellah** nell'essere venuto a conoscenza di una cosi sconcertante ed importante scoperta scientifica.

*<Avete sentito? Dovreste essermi riconoscenti... Senza saperlo vi ho ridato la libertà dal giogo mentale di **Eledef**>.*
Replicò a gran voce **Aleax**.

*<Meritereste anche voi di raggiungere **Sansy** nel **Paradiso DM**, lui sicuramente riuscirebbe anche a farvi tornare "Normali" >.*
Aggiunse per dare una promessa di rivalsa che avrebbe voluto a tutti i costi mantenere: gli premeva nel profondo vedere purificate quelle anime perverse.

*<Normali? Noi ci sentiamo perfettamente "Normali" ...
... Secondo noi sei tu quello "Anormale" qui>.*
Pontificò il primo dei tre mentre gli altri due avanzarono di un passo verso il guerriero come per accerchiarlo in quel macabro teatrino che stavano svolgendo.

Raven capì che non avevano nessuna voglia di ragionare con lui ed iniziò a prepararsi mentalmente all' imminente scontro.
Poteva sentirlo attraverso la grazia di **Sansy** che nessuno in quel luogo aveva un animo buono, nemmeno per sbaglio: erano tutti colpevoli di qualche atrocità, dal primo all'ultimo, da femmine o maschi o asessuati o "antropomostri" che fossero.

*<Dunque... Pensavo... Ma se i nemici vi hanno offerto la "salvezza con l'infestazione", come mai siete solo in 3?
Che fine hanno fatto gli altri marines del regimento?*

E poi mi sembra così strano che delle bestie indemoniate si siano messe a contrattare con dei poveri soldati sconfitti... cosa nascondete?>.

Chiese di nuovo, con più autorità, e stavolta tutti stettero zitti guardandosi uno con l'altro come a dirsi che il loro ex compagno d'armi in pochi minuti fosse riuscito a scoprire verità celate da anni.

*<Mhh... Vedo che non ti si può nascondere nulla **Raven**>.*

Disse il "becco-munito" dinnanzi a lui con una voce decisamente più umana rispetto a prima, ammettendo implicitamente di averlo riconosciuto.

<Zitto! Zitto! Non digli nulla>.

Lo interruppe il secondo agitando le tre dita.

<Ormai sta per morire... che sappia pure la verità>.

Concluse il terzo, ben meno preoccupato del secondo.

Convinto da quest'ultimo, il leader del trio, con la sua mano destra, iniziò a scrostare un sottile strato di sporcizia e bava aliena dal pettorale sinistro della sua corazza affinché il nemico potesse intravedere il logo del regimento che vi era inciso sopra.

L'incappucciato strinse gli occhi per riuscire a vedere meglio il disegno inciso sull'armatura che gli veniva mostrata...

*<**CAZZUOLA**! Riconoscerei ovunque quella ridicola Pin-Up Girl in stile WW2 con la **Cazzuola** tra le mani che porti incisa sul petto>.*

Esclamò **Aleax** sbarrando gli occhi in un impeto di stupore e sarcasmo.

*<Esatto papino! La decalcomania corrisponde a quella del **Sergente Cazzuola**: eroe di guerra, caduto in battaglia nel primo contatto con i nemici qui a **Doommonia**>.*

Lo istruì enciclopedicamente **Nellah**.

*<Grazie dei complimenti... Ma la verità è un'altra: ero stanco di vivere di stenti sognando la donna stampata sul mio pettorale... E quindi alla fine ho ceduto alle lusinghe di **Eledef**... Mi ha detto che se avessi trasportato e nascosto delle uova di "mostri infestatori" qui a **Doommonia** mi avrebbe ricompensato esaudendo il mio desiderio più grande... avrei incontrato la mia musa... la donna con la cazzuola>.*

Rispose il **Sergente** dopo aver udito la vocina della scimmietta provenire dal piccolo speaker del Super-Shock.

<*Eledef è solito fare promesse che non può mantenere... Hai tradito **KingDom** per una donna inesistente... E infatti eccoti qui: un abominio rinchiuso in un luogo nefasto e malsano, abbandonato da tutto e da tutti>.*

Lo demoralizzò **Raven**.

Ferito nel profondo dell'animo da quelle parole durissime, ma pur sempre veritiere, il **Sergente Cazzuola**, con le lacrime agli occhi, emise nuovamente uno strido spaventoso e con il pugno schiacciò violentemente un piccolo pulsante rosso nascosto in un incavo della parete alla sua destra.

Immediatamente, accompagnata dal suono di una sirena, i presenti udirono una voce robotizzata esclamare:

<< TORRETTE AUTOMATICHE ATTIVE >>

Nell'arco di un istante sbucarono dalle pareti, dal soffitto e dal pavimento della stanza una miriade di armi da fuoco automatizzate.

Ad **Aleax** bastò giusto una frazione di secondo per evocare il proprio scudo energetico non solo per proteggersi, dato che in cuor suo pensava di poter essere in grado di riuscire comunque a schivare la maggior parte dei proiettili, ma anche per cercare di risparmiare quante più forze possibile non sapendo di cosa potessero essere capaci i suoi tre avversari in carne ed ossa.

Il capo della formazione nemica, il **Sergente Cazzuola**, era ben noto per le sue abilità di scherma tramite l'utilizzo di un'arma di sua invenzione appunto definita *"Lancia a Cazzuola"*.

Raven, che non aveva mai affrontato in combattimento l'ormai ex militare, non aveva mai creduto nella letalità di un utensile così bizzarro, ma tanto sicuramente lo avrebbe scoperto di lì a poco.

Consci della loro superiorità numerica e anche di quella delle difese automatiche, i tre nemmeno si mossero di un centimetro pensando che avrebbero inutilmente sprecato il proprio tempo: immediatamente *Aleax* venne investito da una pioggia di proiettili da armi di ultima generazione, ma niente che il suo deflettore, portato in avanti a difendersi, non potesse fermare.

Essendo per altro più grande di lui, non dovette far altro che semplicemente ripararvicisi dentro in attesa che la scarica iniziale finisse, prestando solamente un minimo di concentrazione per non indietreggiare troppo a causa delle spinte di energia che i proiettili provocavano all'impatto contro lo scudo.

Sotto lo sguardo basito di **Cazzuola** e quello, a distanza, pieno di rispetto di **Nellah** per ritrovarlo ancora in piedi e senza un graffio, non appena i nemici smisero di provocare trambusto non rimase altro che un polverone liberatosi a causa del fatto che nemmeno tutti i proiettili erano riusciti a centrarlo schiantandosi contro il perimetro attorno e generando detriti fastidiosi che lo fecero tossire vagamente, mentre con una buona dose di faccia di bronzo stava facendosi aria con l'altra mano, con cui brandiva ancora la lama blu, per scansare la nuvola di polvere.

Questo primo round lasciò tutti piuttosto increduli dato che pochi scudi erano abbastanza robusti da resistere alle più disparate detonazioni e **Raven** nemmeno vantava una armatura se non la tuta di supporto vitale, che nascondeva sotto la veste di pelle nera, per regolare la temperatura del corpo rispetto all'ambiente e poco altro.

Schioccando la lingua contro il palato si rivolse agli altri presenti sollevando il sopracciglio sotto il cappuccio a punta:

<Dunque, avete finito? >..
Domandò con strafottenza come se avesse a che fare con le crisi di pianto di tre bambini che avevano solo bisogno di essere lasciati sfogare per riuscire a pensare lucidamente (dei bambini giganti, orrendi e armati fino a i denti, per essere precisi).

Ci fu un momento di confusione profonda sui volti dei mezzi-alieni con dei visi che trasmettevano emozioni complesse, ma l'istante dopo, coordinandosi con il tempo di ricarica delle torrette automatiche, anche loro rapidamente imbracciarono tre mitragliatori pesanti e puntarono all'unisono per riuscire a mirare proprio **Aleax** che ancora sostava sull'ingresso: premettero grilletti, touchscreen e tutto quello che occorreva per fare un'altra volta fuoco contro l'uomo con una dose di munizioni triplicata rispetto a prima.

Il sopracitato protagonista della vicenda si parò di nuovo dietro al suo scudo a bolla nascondendovi bene ogni parte del corpo che poteva risultare esposta, lasciando che i nemici sprecassero ulteriormente colpi mentre lui doveva soltanto resistere piantando per terra i piedi e aspettare.

Lunghi minuti si susseguirono tra gli strepitii degli alieni nascosti dietro i loro mitra poiché nemmeno **Raven** aveva intenzione di provare un assalto fintanto che era ancora sotto un attacco così feroce.

Sentiva tra gli spari che imperversavano nell' enorme stanzone che qualcuno avvisava sempre il capo che lui fosse ancora vivo, e che resisteva dietro il suo scudo, abbaiando di aumentare le dosi di artiglieria che potevano gettargli contro.

Ormai questo secondo round era più simile a una gara distorta di tiro alla fune, dove **Aleax** doveva resistere e gli altri abbatterlo con sempre più variegati proiettili.

Partendo da quelli standard di metallo che erano piuttosto comuni a **Doommonia** a quelli più sofisticati di plasma incandescente, li sentiva colpire il deflettore come una pioggerellina fitta e fastidiosa, fino alle ancora peggiori scariche dei cannoni di maggiore calibro che erano gli unici davvero a farlo quasi indietreggiare fuori dalla porta da cui era venuto, ma senza riuscire mai a ferirlo realmente perché al sicuro all'interno della sua barriera di energia, che era anche in grado di avviluppare a piacimento intorno a se per proteggersi con diverso grado di intensità su ogni fronte e contro ogni genere di esplosione.

Se non avesse avuto il suo scudo, una volontà ferma e persino la mano di **Sansy** dalla sua parte, "solo **Sansy** sa" quanti danni si sarebbe potuto procurare: dalle ustioni fino all'incenerimento istantaneo.

Poco dopo smisero, di nuovo, e **Raven** li guardò sbirciando ancora sotto il suo cappuccio nero in maniera buffa.

<Finito?>.
Chiese... E prima che potessero ricominciare, dato che si era stancato di stare a giocare solo in difesa, caricò i muscoli delle gambe per darsi una spinta e correre in direzione del *corrotto* alla sua sinistra, che nel tentativo ultimo di difendersi alzò il fucile per

proteggersi il capo non rendendosi conto che in realtà il guerriero aveva mirato ad una zona del suo addome sprovvista di corazza.

Aleax era in ballo e doveva ballare: torcendo il busto per riuscire a spostare l'enorme scudo, che nel frattempo aveva assunto una forma a torre di energia densa, lo impattò violentemente contro il ventre dell'alieno che emise suoni di sofferenza incomprensibili.

Sentendolo sfiatare comprese di aver colpito abbastanza giusto perché ritraendo la lama e avvolgendola attorno alla mano a mo' di "*tirapugni energetico*", riuscì facilmente ad assestargli in volto un potente montante tramortendolo e facendolo cadere a terra come un sacco di patate.

Il tonfo sordo del corpo non generò subito nessuna reazione, come se il mondo si fosse fermato, e solo il fatto che **Raven** sotto al suo cappuccio si stesse rivolgendo al prossimo più vicino con un lento movimento del capo mise in allarme il **Sergente** che improvvisamente pigiò un secondo pulsante nascosto sulla parete questa volta alla sua SINISTRA.

Contemporaneamente tutte le torrette automatiche ancora integre emisero fastidiosi ronzii metallici e cambiarono conformazione staccandosi dai rispettivi ancoraggi e facendo fuoriuscire dei piccoli *arti metallici* affilati.

<Adesso anche i robot...>.
Pensò sbuffando l'eroe.

I cattivi finalmente avevano compreso che le armi da fuoco non avevano un reale effetto contro lo spadaccino e che dovevano affrontarlo per lo meno con delle armi bianche.

Una parte di quegli esserini metallici attorno a lui si diedero una mossa per accerchiarlo balzandogli contro ma *Aleax*, ben sapendo che il suo scudo avrebbe retto, stette solo ad aspettare che uno sull'altro si accaparrassero uno spazio per cercare di chiuderlo e schiacciarlo in una morsa terribile.

Sarebbe stata una strategia crudele ma funzionale, se non avesse avuto il suo amato scudo a bolla per cui semplicemente con uno sforzo di volontà in più dovette solo rimanere per qualche istante sotto la massa di robottini per farli poi esplodere con un colpo di energia, perdendo momentaneamente l'uso dello schermo: non che si preoccupasse, nel giro di un paio di minuti lo avrebbe riavuto, ma nel mentre sotto la pioggia di viti e bulloni avrebbe dovuto farne a meno.

Prima di venire di nuovo bersagliato dalle armi da fuoco caricò gli arti inferiori non solo di potenza muscolare per la corsa ma anche di *Energia* per migliorare la sua andatura e correre errando in giro per la base nemica, saltando con eleganza sui rottami e sugli avversari, addirittura aprì le gambe a forbice per superare in lungo le lame metalliche di un robottino che aveva intenzione di affettarlo con un colpo ben assestato, praticamente divertendosi in quel modo a farli correre da una parte all'altra senza badare temporaneamente alle eventuali mosse del duo di mostri ancora in vita.

Saltellare e far scoppiare un nemico dietro l'altro con uno stile molto simile a quello di un ninja stava quasi diventando noioso: ormai **Raven** era entrato in una sorta di trance in cui rispondeva meccanicamente alle minacce senza nemmeno preoccuparsi di chi o cosa colpire in un crescendo di colpi sfuocati.

Lontano dal combattimento, **Nellah,** udendo le continue distruzioni dei robot e gli incitamenti di coloro che erano all'interno, in un tripudio di deflagrazioni, pensò orgogliosa:
<Si sì, sta proprio andando bene, il papino è in gran forma oggi!>.

Intanto all'interno *Aleax* aveva sostanzialmente allentato l'andamento della sua lotta, comprendendo che praticamente nessuno di loro fosse alla sua altezza o a quella di *Eledef* e di molti altri incontrati in passato.

Aveva rallentato di molto il ritmo generale ampliando enormemente e teatralmente i suoi movimenti come quando si allenava con i simulatori virtuali nei quali bastava comprendere a grosse linee i pattern di combattimento per essere in grado di cavarsela.

<È tutto inutile, potreste smetterla per due second...>.
Provò a mediare *"il ninja ballerino"*, venendo bruscamente interrotto da un forte…

<Sentito? È stanco! Addosso!>

Da parte del secondo in carica degli "*antropomostri*", facendo abbassare le spalle di **Raven** con un sospiro scontento e frustrato dovendo mettersi di nuovo a fare sul serio.

In quel valzer di morte, quasi non si rese conto che intanto aveva pesantemente ridotto la differenza numerica tra lui, da solo, e la miriade di nemici, finendo quasi per dover camminare sui rottami pur di riuscire a passare indenne.

Dato che lo scudo a torre nel frattempo si era quasi completamente ricaricato, ricominciò a saltellare a destra e a manca nel tentativo di sfoltire in fretta i ranghi nell'attesa che i "*due pezzi grossi*" si degnassero di combattere.

Erano diversi minuti che aveva perso di vista il **Sergente Cazzuola**: all'improvviso qualcosa riuscì a penetrare persino il suo neo-formato campo di energia protettiva riuscendo a estrargli a forza il fiato dal corpo facendolo volare per diversi metri per poi schiantarsi al suolo.

Prontamente scattò di lato con una rotolata nonostante fosse ancora troppo scosso per cercare di capire che cosa fosse successo.

Aleax, nell'attesa di riuscire a mettere a fuoco il suo avversario, indietreggiava saggiamente per cercare di tenere quanta più distanza possibile con qualsiasi potenziale avversario.

Il pensiero di sottrarsi allo scontro per un attimo gli sovvenne, ma venne in fretta scacciato perché aveva d'altronde scelto lui di combattere in quelle condizioni proibitive. Tornare indietro avrebbe significato fallire la missione, e non sarebbe successo quel giorno.

Una manciata di robot, gli ultimi rimasti, si disattivarono una volta esaurito il loro potenziale combattivo e l'eroe poté notare che adesso erano in piedi solo lui, e il **Sergente**: all'improvviso un'altra spinta, che gli venne data direttamente in piena schiena, lo fece capitolare in avanti lungo e disteso.

Ringraziando che lo scudo a bolla avesse attutito l'impatto iniziò a pensare a come rimodulare il potere del **Super-Shock** per adattarlo alla rapidità dei suoi due avversari: entrambi protetti da corazze spaziali danneggiate, grandi e muscolosi, armati rispettivamente con la famosa "*Lancia dalla punta a cazzuola*", il **Sergente**, *e* con uno strano *scudo ovale nero e chitinoso*, il suo sottoposto.

I tre rimasero per un tempo apparentemente lunghissimo a fissarsi tentando di leggere le intenzioni dell'*incappucciato*, ma alla fine senza nemmeno guardarsi per concordare l'attacco, *"i traditori"* si mossero all'unisono nella direzione di **Raven**.

Mentre **Cazzuola** gli slittava dietro, l'altro si concentrava in un assalto frontale: nel tentativo di distrarlo, quest'ultimo, con una spallata perpetrata attraverso lo scudo chitinoso andò a cozzare contro quello a torre di **Aleax**.

L'uomo, tra i clangori dell'energia sprigionata dalla collisione, deviò l'imponente stazza del mostro corazzato con una proiezione simile ad una mossa di judo.

Contemporaneamente notò con la coda dell'occhio un movimento del **Sergente** che stava per colpirlo con la *lancia a cazzuola*.

Essendo occupato nello sviare il colpo dello scagnozzo, **Raven** fu costretto a prendere un enorme respiro e lasciare passare la lancia davanti al suo stomaco con il pericolo di essere quasi sbudellato.

Il fiato che aveva preso lasciò presto le sue labbra non appena l'altro dette un colpo di scudo sulla spalla buona dell'incappucciato, facendolo gemere, ma egli in risposta riuscì a disimpegnarsi con un rapido movimento rotatorio grazie al quale deviò il grosso della forza d'impatto.

Erano due individui eccezionali, *"spada e scudo"*, chissà se si sarebbero potuti rivelare d'aiuto nella battaglia di **Doommonia** (se avessero realmente combattuto) oppure se paradossalmente fossero diventati così abili solo dopo aver ceduto la loro umanità ad *Eledef* per un patto deviato o il sogno di un amore impossibile.

Probabilmente la seconda e **Raven** si convinse ulteriormente che la macchina del tempo avrebbe potuto sistemare le cose a tal punto che se il loro destino era quello di avere una forza di cooperazione simile, l'avrebbero avuta anche una volta che il nastro si fosse riavvolto.

Dando una occhiata al campo di battaglia, mentre e i due si muovevano assieme passo a passo in una ritmica e armoniosa composizione, **Aleax** notò che nemmeno lui aveva mai visto quell'esoscheletro chitinoso che il tirapiedi usava per scudo: probabilmente nella sua forma aliena aveva imparato a solidificare il biostrato per produrre oggetti ben più resistenti dei comuni materiali e in grado di rivaleggiare addirittura con lo scudo di energia senza distruggersi sul colpo.

<Se vi foste impegnati così durante la guerra...>
Mormorò, con un crescente sorriso in volto, mentre faceva sparire il pesante scudo a torre, generando un istante di sorpresa e perplessità da parte dei due ex-umani, facendo comparire due tirapugni energetici, uno per mano, in sua sostituzione.

Normalmente sarebbe stato un suicidio, ma **Raven** pensò che fosse necessaria maggiore agilità: i due aggrottarono le sopracciglia prima di emulare la stessa strategia di prima, ma questa volta **Aleax** fu in grado, grazie alla sua velocità nell' adattarsi ai loro movimenti, di deviare solo per un soffio i colpi di entrambi.
Purtroppo al contempo gli fu definitivamente chiaro, con quel breve secondo scambio, che la sua strategia non poteva funzionare fintanto che erano così coordinati.

Per distanziarli tra loro decise di attuare una mossa, azzardata e pericolosa, che gli sarebbe di sicuro valsa una bella strigliata da parte di **Nellah** che gli aveva fatto promettere di non rischiare inutilmente la vita: al terzo round fu **Raven** a gettarsi a testa bassa sul più debole dei due e quindi tentare di colpire ripetutamente lo scudo chitinoso coi suoi tirapugni nel tentativo di generare qualche spaccatura e togliergli la possibilità di difendersi, ma ebbro della sua sicurezza, ci mise un attimo di troppo a capire che non avrebbe ceduto sotto i suoi martellamenti, abbastanza per dare al **Sergente** la possibilità di quasi infilzarlo di nuovo con la *cazzuola*.

A scambio finito, vi fu un altro stallo durante il quale il combattente pensava assiduamente a quale strategia gli potesse permettere di togliere ai due almeno la principale abilità difensiva del loro arsenale.

Dopo pochi istanti gli venne una sbalorditiva idea: non appena il duo si accinse nuovamente a corrergli incontro, l'uomo indietreggiò facendo finta di scappare, ma solo per attirarli in una zona particolarmente piena di rottami, non che si preoccupassero di cosa stessero calpestando, ma i loro movimenti ne avevano risentito abbastanza da permettere al guerriero di sferrare un'altra cascata di pugni potenziati sullo scudo chitinoso del nemico, nella decisione folle di volerglielo spaccare e piazzargli un montante fra denti.

Continuando a colpire, e colpire e colpire, tirando indietro i pugni e poi restituendoli, ne diede circa un paio in più rispetto a prima quando il *Sergente* riuscì a trovare uno spazio libero per affondare...

... ma in quel preciso momento *Aleax* tempestivamente deviò con l'avambraccio la punta della sua lancia, ferendosi ovviamente, ma riuscendo a dirottare il violento attacco proprio contro lo scudo dello scagnozzo.

La *cazzuola* era ormai irrimediabilmente conficcata nel mezzo del *buckler* di quest'ultimo: Raven si fermò un'istante per gioire nel vedere il panico del *Sergente* nel non riuscire più a estrarla.

<Due piccioni con una fava!>
Pensò *Aleax* storcendo le labbra in un ringhio di soddisfazione mentre chiedeva a *Sansy* potere aggiuntivo, da condensare solamente nella punta del suo stivale, per poi sferrare un poderoso calcio rotante sulla *cazzuola* che penetrò ulteriormente nel materiale chitinoso.

Seguirono attimi di silenzio prima che un suono di scricchiolii denunciasse la violenza del colpo di *Raven* seguito dal vedere sbriciolarsi allo stesso tempo sia l'arma di attacco che quella di difesa degli avversari, con enorme sorpresa da parte di tutti e persino di *Aleax* stesso che non pensava che sarebbe mai potuto riuscire a fare una cosa simile.

Ci furono momenti di stasi, ma finalmente quello che teneva lo scudo, ormai in frantumi, riuscì a gridare un:
<Sergente, scappa!>.

Il *Sergente*, ormai senza più *cazzuola*, strinse i denti ~~(che gli erano rimasti)~~, evidentemente non volendo abbandonare l'altro: a mani nude e con furore tentò di afferrare *Raven*, che fu costretto a trascinarsi dietro lo scagnozzo per non rischiare di finire stritolato dalle possenti braccia dell'avversario.

Di nuovo pensò che fosse stato un vero peccato non averli avuti in guerra, quei due, ma tutto sarebbe potuto cambiare in futuro, forse, in compenso decise, saltando, di dare una violenta gomitata in piena nuca a quello che aveva invocato la ritirata, generando una bieca imprecazione mentre collassava al suolo.

<*Ti amo, Sergente...*>.
Sussurrò prima di perdere i sensi.

L'eroe, che era certo di aver già udito quella frase in precedenza ma senza ricordare dove e quando, dichiarò con tono funereo:
<*Torniamo a noi, Cazzuola!*>.

Il superstite guardò il suo compagno con immenso dolore negli occhi, rivolgendoli poi pieni di furia ad *Aleax*.
Ossessionato per tutta la vita dall' inesistente "donna con la cazzuola" evidentemente non aveva mai colto che forse il suo scagnozzo provasse qualcosa per lui tanto che gli era stato così fedele da seguirlo in questa folle impresa dell'infestazione da parte di *Eledef*: ad ogni modo, cieco fino a quel momento, dopo un paio sospiri profondi decise di inginocchiarsi, deponendo le armi, mostrando il capo chino in segno di sconfitta.

Raven strinse le labbra mentre controllava il macello che aveva fatto, e mettendosi le mani sui fianchi mormorò:
<*Mi dispiace, ma siete stati voi ad attaccarmi per primi, comunque ora sono a conoscenza del tuo tradimento, e questo mi sarà molto utile in futuro... ehm... ovvero in passato... va beh*>.

Aleax, che non traeva alcun piacere in ciò che aveva causato, prese da uno scaffare malmesso un paio delle tanto agognate *celle di energia* e, senza aggiungere altro, si diresse sul terrazzo della **D00M Caserma** attraverso una scala a chiocciola di alluminio lasciando dietro di sé il suo avversario che, dopo un momento di riflessione, si affrettò nel controllare le condizioni dell'altro.

<*Hai fatto la cosa giusta, papino!*>.
Tentò di consolarlo il bambina scimmietta, alzando il nasino.

<*Lo so... Però se avessi capito prima...*>.
Mormorò *Raven* mentre risaliva sulla navicella.

Mentre *Nellah* ultimava le procedure per iniziare un nuovo viaggio e guardava con soddisfazione la lancetta elettronica che segnava il livello di potenza dei motori al 99.9%, *il papino* si rilassò comodamente sulla sua poltrona godendosi la luce del tramonto prima che la **Desceend** fuoriuscisse dall'atmosfera della stazione spaziale.

CAPITOLO 4
IN PRINCIPIO

Il laboratorio segreto di **Principio Gallio**

Il pianeta deserto su cui si era insediato **Principio Gallio** nella sua ricerca di contemplazione era una minuscola massa di acqua e terra, generata artificialmente dall'illustre scienziato attraverso un *estremo* processo di *terraforming* atto a simulare capacità che solo le più grandi *divinità* avevano manifestato fino a quel momento di possedere.

Dato che egli voleva ammirare la nascita della vita aveva importato piante e animali dai più disparati sistemi, e nello specifico soprattutto dal pianeta Terra, dando loro la possibilità di vivere e riprodursi in libertà.

Principio, felice del risultato, aveva creato una fortezza che inglobava la sua navicella personale e lo proteggeva dai predatori liberati assieme al resto degli animali per creare un buon ecosistema.

Ovviamente si era ritagliato uno spazio piuttosto ampio per le folli invenzioni che di tanto in tanto gli passava per la mente di testare.

Raven e **Nellah** atterrarono agilmente in un piccolo spazioporto nel mezzo della struttura per poi scendere e salutare subito il vecchio amico con un abbraccio: **Gallio** sapeva di animali e sole.

<Sono felice che siate venuti finalmente a trovarmi!>.
Chiocciò l'anziano mentre allungava un braccio per artigliare la povera **Nellah** e farle fare il vola-vola come fosse un bambolotto.

<Sei la mia nipotina preferita!>
Esclamò, non che lo fosse realmente, mentre la scimmietta infelice del gioco si lasciò tirare su con diffidenza, ma al contempo ormai rassegnato a certi comportamenti.

<Guarda che non è una bambino... rimarrà sempre così piccola... è scritto nel suo DNA>.
Pontificò **Aleax** mettendosi nei panni di suo figlia che spesso a causa dell'aspetto fisico non veniva mai preso troppo sul serio dagli estranei.

<Sentito, sono grande!>.
Rispose infantilmente **Nellah** facendo ridere raucamente l'anziano mentre **Raven** fece avanzare il piatto di armi e oggetti raccattati nella caserma a **Doommonia**.

Principio, quasi ne avesse sentito l'odore, si avvicinò ad esso ad una velocità che di poco aveva a che fare con la vecchiaia, facendo protestare persino la povera **Nellah** che si trovò quasi per terra dallo sbalzo improvviso causato dallo scienziato che stava già sbavando sugli oggetti:

<*Prima era, Terza era! oh...oh!!*>.

<*Addirittura una rivoltella!*>.

Aleax ridacchiò mentre **Nellah** guardava dall'alto la situazione sulle spalle del vecchietto.

<*Sono tutte tue*>.

Esclamò facendo sbiancare l'anziano, mentre **Raven** temette di avergli appena fatto venire un infarto.

<*Accetto questi presenti con ~~(falsa?)~~ modestia*>.

Replicò vagamente con supponenza, ma intanto le dita stavano già artigliando i primi oggetti con un'avidità sincera da collezionista ego-maniaco.

<*Mi dispiace solo che quando saremo tornati dal futuro non avrai niente di tutto questo*>.

Disse **Aleax** indicando appunto le armi, ma anche il pianeta, dato che la storia si sarebbe riscritta.

Gallio, incurante, si incamminò verso l'ingresso di una piccola grotta, la cui sommità recava incise in stampatello le parole

"*NELLA SCIENZA E NEI PROGETTI NOI CREDIAMO*"

motto della sua scuola, dimenticandosi di **Nellah** sulle sue spalle e costringendola a chinarsi per non cozzare sotto il ponte di roccia mentre la codina si muoveva agitandosi per il fastidio provocato da quell'improvviso rischio.

Forse era un po' sbadato e parecchio avanti con l'età, ma d'altronde non era la prima volta che grazie a qualche sua bizzarra invenzione, come in questo caso la macchina del tempo, i nostri eroi fossero riusciti a cavarsela anche nelle situazioni più disperate.

Raven, rimasto indietro, raggiunse a propria volta l'interno della sala scavata nella pietra e illuminata da luci artificiali.

<*È di qui*>.

Fece strada **Principio**, generando per un attimo un clima di mistero ed inquietudine.

Ancora arzillo ed apparentemente in piena forma, inizialmente si guardò attorno senza sapere bene cosa cercare nella catasta di invenzioni mal riuscite e spazi fin troppo ampi, ma alla fine notò qualcosa che si era discostato dal resto delle cianfrusaglie come fosse un trofeo brillante: una *macchina sportiva* con un design molto terrestre, dotata di piccole ruote ed una linea invidiabile.

<Quindi sarebbe quella?>.
Domandò l'incappucciato agli altri presenti nella sala mentre **Gallio** annuiva inorgoglito tenendosi le mani dietro la schiena e ingrossando ulteriormente il petto come un gallo fiero del suo operato.

<Bello il mio progetto, eh?>.
Chiese retoricamente ad **Aleax**, che si strinse nelle spalle venendo rimbrottato a rispondere grazie a diverse occhiate da parte di **Nellah**.

<Oh, sì, bellissimo! >.
Replicò senza condividere moltissimo i gusti in fatto di estetica di **Principio**.

<Sai... il design l'ho copiato da un film molto antico che ho ritrovato negli archivi della Terra>.
Gli spiegò avanzando una mano sulla barba come se gliel'avesse domandato qualcuno mentre gli scintillavano fieri gli occhi color ghiaccio.

<In questo film, vanno avanti e indietro nel tempo: ti ricorda qualcosa?>.
Disse come a voler trovare forzatamente una somiglianza con la missione che volevano intraprendere.

<Ma è operativa? L'hai mai testata?>.
Chiese cautamente **Raven** ben ricordando, d'altro canto, le volte in cui le invenzioni dello scienziato non funzionavano: nella migliore delle ipotesi ce la si cavava solo con un po' di cenere addosso ma nella peggiore... (Forse non era il caso di chiedersi come mai certe popolazioni fossero sparite dal proprio sistema stellare dopo che avevano fatto affari con **Gallio**).

Il suddetto scosse una mano come a scacciare sia l'uomo che la malasorte riuscendo a minimizzare il tutto.

<*Ti dico di sì, tranquillo*>.

Spiegò intuendo che nessuno degli altri due fosse affatto convinto della completa veridicità delle sue affermazioni proprio per colpa di alcune esperienze precedenti.

<***Principio Gallio,*** *è inutile stare qui a pontificare, sei la nostra ultima speranza, ora come non mai riponiamo le nostre vite nelle tue mani*>.

Affermò ***Aleax*** con fermezza ed un pizzico di rassegnazione.

<*Ma allora... **Nellah**, possiamo davvero cambiare le cose, possiamo cambiare il passato e salvare i nostri amici distruggendo al contempo **Eledef**!*>.

Continuò afferrando le spalle dello scienziato e facendo barcollare la piccolo che si vide costretta a compiere un balzo agile per cadere al suolo sui piedi.

<*Amico mio, non ci speravo più, quando si parte?*>.

Proseguì guardando pieno di affetto lo scienziato e dandogli un abbraccio.

<*Aspetta! Siamo solo all'inizio, non puoi buttarti a caso nel passato*>.

Gli fece notare l'anziano, e infatti ***Raven*** scattò subito indietro misurando a grandi passi la stanza.

<*Hai ragione, dobbiamo capire cosa c'è da modificare, giusto?*>.

Domandò a ***Gallio***, che annuì, per poi proseguire:

<*È di fondamentale importanza comprendere cosa è andato storto durante la battaglia finale contro il male assoluto **Eledef**...*>

<*...Il giorno in cui perirono tutti i nostri compagni...*>.

<*...Per quanto possa essere doloroso dobbiamo rivivere i ricordi di quello scontro dannato, e se lo facciamo tutti assieme possiamo cercare di notare più particolari, siete d'accordo?*>.

Chiese ***Aleax*** agli altri due che annuirono con un lieve sorriso sulle labbra, ed attorno a un tavolo di pietra sgrezzata con davanti a loro un infuso di erbe cominciarono a rimembrare…

CAPITOLO 5
RICORDI

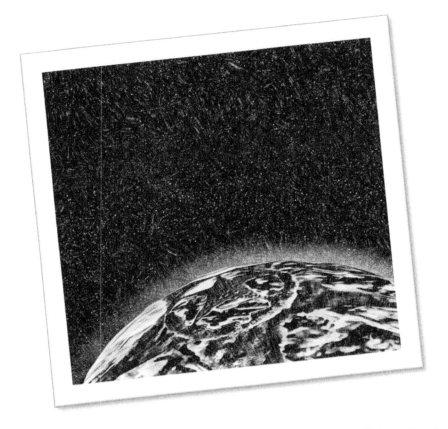

*Il pianeta **Eledef***

Eledef *si pronuncia: [eledéf]*

Sulla superficie lavica del Pianeta *Eledef* si potevano intravedere dallo spazio, come uniche terre emerse in un oceano di flutti incandescenti, due stelle concentriche di roccia, l'una all' interno dell'altra, che, come antichi trofei, non erano altro che i resti di sigilli planetari spezzati, per ben due volte, dal Male.

Per sopravvivere a quel clima infernale molti umani optavano per l'indossare pesanti tute spaziali corazzate, simili a quella del *Sergente Cazzuola*, altri invece, come *Raven*, non volendo sacrificare la propria agilità, preferivano equipaggiarsi con una specifica sottile tuta resistente alle bruciature che aderiva alla pelle e autoregolava la temperatura permettendo loro di vestirsi comodamente.

Certo, niente di minimamente paragonabile alla miracolosa *"Tuta Anti Tutto"* che l'incappucciato aveva indosso proprio su quel pianeta durante il suo precedente (e disastroso) incontro con il Maligno (prima che venisse risigillato assieme ad alcuni altri eroi, da *Fenixx Il Pentarca*).

Mentre il grosso dell'esercito alleato ancora evitava di mettere piede sul pianeta o avrebbe scatenato un'epopea infinita di mostri che si riproducevano e li stavano attendendo nella lava stessa, una voce baritonale crepitando raggiunse *Aleax,* che attendeva sulla navetta da sbarco, facendo voltare l'uomo verso un'imponente presenza.

Molti osservando quella massiccia figura alta circa due metri, il leggendario *Fenixx Il Pentarca,* rimanevano incantati alla vista delle fiamme che si spandevano dall'interno della scintillante armatura tipica di molti dei *Cavalieri di Sansy* della *seconda generazione*.

Le vampate sprigionate, come fosse una stella in autocombustione, si allargavano attraverso alcuni fori nella corazza avvolgendolo in una figura di fuoco elementale.

Fenixx Il Pentarca

La copertura, al netto delle sue componenti danneggiate, proteggeva ogni parte del suo corpo, o meglio della sua anima infuocata, che traspariva come un volto lucente anche dall' apertura a "T" posta frontalmente nell'elmo.

Tutti quelli della sua specie di fatto non possedevano un corpo solido, come quello dei comuni esseri viventi, bensì erano costituiti solamente da un'essenza di energia racchiusa in un esoscheletro metallico.

Nel caso del **Pentarca** era stato il dio **Sansy** stesso ad incendiare la sua anima di luce per donargli nuovi poteri, maggiore longevità e le capacità rigenerative di una fenice.

*<Siamo arrivati tardi, mi spiace **Raven**, ma come puoi vedere, il secondo sigillo si è già sciolto: ho cercato di resistere il più possibile ma il tempo è tiranno. Non troveremo i miei vecchi compagni ad accoglierci al centro della stella... A quest'ora saranno rimasti in vita solo **Eledef** e i suoi mostri indemoniati>.*
Sentenziò **Fenixx Il Pentarca.**

<I tuoi soldati sono davvero valorosi, ma i nemici saranno infiniti, lo sai>.
Continuò adocchiando le altre navicelle militari alleate.

<Lo so, non appena si mette piede lì tutti gli alieni rintanati nel magma emergono per farti la pelle>.
Borbottò **Aleax** sul punto più vicino ai finestrini per vedere il *pianeta **Eledef** in tutta la sua cupa bellezza angosciante.

<Contavo molto nell' aiuto dei tuoi vecchi amici... La situazione è davvero tragica e alla luce di ciò dubito che il nostro attuale esercito sia abbastanza numeroso e capace...>.
Mormorò l'umano dando uno sguardo con la coda dell'occhio alle astronavi che attendevano nello spazio un segnale per iniziare la guerra, quella vera, quella definitiva.

Fenixx allungò un guanto metallico, senza che le fiamme lo lambissero, in una pacca di sostegno: aveva imparato da **Raven** a mostrarsi più empatico e comprensivo, solitamente fra quelli della sua razza si attenevano a degli austeri canoni comportamentali tipicamente cavallereschi e, poiché unicamente ligi al dovere, ben poche altre emozioni gli venivano insegnate.

<Sei proprio sicuro che siano arrivati tutti?>.
Chiese **Aleax** mostrando un leggero sorriso di ringraziamento.

<Ho già controllato, tutti gli eroi rimasti sono pronti: manca solo l'esercito proveniente dal pianeta Terra>.
Rispose **Il Pentarca** con una voce che tradiva un leggero fastidio.

<Non eri andato tu a reclutarli? Perché non sono ancora arrivati?>.

51

Chiese velocemente senza voler mettere in ansia **Raven**, ma con sincero disgusto per questo ritardo che ai suoi occhi era inconcepibile.

*<Ma porco **Sansy**, speravo di non dover contare sui terrestri: sono pericolosi e quindi non ho inviato loro le coordinate del pianeta>.*
Borbottò **Aleax** prima di notare che le luci di bordo si fossero condensate in una luce più solida.

<Ehi...e allora?>.
Chiese appunto **Sansy** con una punta di irritazione.

*<Scusami **Sansy** sono nervoso...>.*
Mugugnò nascondendosi nel cappuccio poiché colto in castagna nel bestemmiare.

Pochi secondi dopo si scrollò dalle spalle la sensazione e riprese ad interloquire con **Fenixx Il Pentarca** con un volto serioso:
<Andiamo allora... Dirama il comunicato di iniziare l'atterraggio nel punto stabilito, almeno non ci facciamo un inutile giro panoramico>.
Aveva deciso di concentrarsi esclusivamente sul terminare più in fretta possibile **Eledef** assieme agli altri.

L' alieno annuì andando alla postazione di comando della navicella e avviando una comunicazione con tutte le altre: in meno di qualche secondo migliaia di astronavi delle più differenti fogge e stendardi si avvicinarono all'atmosfera, e già in quel momento **Raven** borbottò di nuovo la stessa bestemmia di prima.

<Raven!>.
Si lamentò ancora più irato **Sansy** per essere stato chiamato in causa così maleducatamente.

<Ma li hai visti?>.
Chiese **Aleax** allibito nel notare come alcune navicelle venissero distrutte anche al solo contatto con l'atmosfera, il tutto mentre si teneva agganciato alle cinture di sicurezza e gesticolava contro i detriti che si perdevano nello spazio profondo. Allo stesso tempo **Fenixx Il Pentarca** non pareva mostrare reale pietà verso gli sciocchi.

*<Li ho avvisati non so in quante lingue e quante volte di comprare le migliori difese sul mercato, hanno voluto fare economia ed ecco il risultato! Tutta colpa di **Eledef**! Quando c'era (lui) **KingDom**, a **Doommonia**, venivano forniti solo armamenti di prim'ordine. Eravamo un vero esercito... ora non siamo altro che mercenari allo sbaraglio...>.*

Gesticolava, come un anziano che accarezzava con la memoria i bei tempi andati, mentre la zona di terreno si ampliava sotto di loro man mano che si avvicinavano alla superficie.

*<**Raven**, concentrati!>.*

Ordinò perentorio **Fenixx Il Pentarca** mentre continuava le manovre di atterraggio verso il terreno roccioso di lava e cenere, facendo zittire l'uomo sapendo che aveva perfettamente ragione al riguardo.

Non appena giunti a terra pian piano si notavano già le prime teste uscire dalla lava.

<Ohh... SANSAMMAFORZ!>.

Si augurò **Fenixx** in *Sansico antico*.

<SANSAMMAFORZ!>.

Fece eco alla voce dell'altro attivando la spada del **Super-Shock.**

Come loro molti altri si misero subito al lavoro uccidendo i primi più coraggiosi mostri dentati e dalle zampe palmate.

Scagliosi come draghi, la loro pelle era spessa e difficile da perforare, per i comuni proiettili, e da tagliare, per delle lame normali, ma non per quella di energia di **Aleax** che cominciò subito a falciare nemici con l'obiettivo di raggiungere quanto prima il nucleo di tutto quel caos, il centro delle due stelle, tra olezzo di morte e caldo afoso che rinsecchiva la gola.

<Ogni volta è come fosse la prima!>.

Gongolò **Il Pentarca** uccidendo un altro fracassandogli il cranio con le mani fiammeggianti come il resto del suo corpo.

Raven sghignazzò ma senza distogliere l'attenzione da un alieno che si avvicinava pericolosamente alla sua faccia a fauci sguainate ritrovandosi a doverlo affettare in due longitudinalmente con la sua spada di energia mentre si dava un'occhiata attorno.

Un'incredibile visione di soldati, macchine e alieni che affrontavano orrende creature macinando metri su metri.

Purtroppo però i mostri si facevano pericolosamente numerosi ben prima di quanto si fosse aspettato: tra ruggiti, grida di dolore e di vittoria, sfruttando ogni minima falla di entrambi gli schieramenti per riuscire a falciare quante più vite possibile, i minuti passavano e diventavano quasi ore.

Molti combattenti alleati provenivano da pianeti di guerra, ma altri invece cominciavano già a subire gli effetti della debolezza contro le infinite fiere sbavanti di lava appena prelevata dalle pozze da cui erano sbucati.

<Raven!>.
Chiamò *Il Pentarca* non troppo lontano dall'uomo.

<Lo so, lo so!>.
Alzò la voce mentre le prime fatiche cominciavano a farsi sentire e il centro della stella pareva ancora ben lontano: non era differente dal combattere animali, ma essi erano più grossi, più veloci, feroci e *Aleax* sapeva anche che il tempo per scommettere sulla loro vittoria si stava assottigliando.

<Mi dicono che il fronte cede, hanno bisogno di aiuto!>.
Lo avvisò *Fenixx,* avendo ricevuto una comunicazione, senza nemmeno smettere di uccidere mostri, dal volto fratturato dai suoi pugni, che si stavano iniziando ad accatastare in una macabra pila.

<Nellah, puoi mettermi in collegamento con Ciumbalo?>.
Chiese attivando l'orologio mentre continuava a combattere: non aveva bisogno di vedere lo schermo per essere sicuro che l'indistinguibile vocina robotica e mixata di più lingue umane fosse proprio quella del "prigioniero".

<I AM OCCUPATO>.
Replicò *Ciumbalo* dalla tastiera che ticchettava all'interno dell'abitacolo da anni sigillato del suo carro armato.

<Devi fornire TU supporto alle truppe!>.
Comandò *Raven* mentre *Fenixx Il Pentarca* ebbe un secondo di sbigottimento denotabile dal fatto che uno dei mostri fosse riuscito ad aguantare un braccio dell'armatura metallica, senza nemmeno

lederla, ma dandogli un estremo fastidio e costringendolo a cominciare ad agitare l'arto come per scacciare una mosca fastidiosa.

<Ma porco **Sansy**, **Raven**, che cosa stai dicendo?!>.
Chiese quest'ultimo con una ottava più alta mentre la voce di **Sansy** usciva direttamente dalla luce emanata dalla lama dell'uomo.

<Le tue parole... mi feriscono molto...>.
Gli fece notare il dio.

<Scusami **Sansy**... **Raven**, lo sai benissimo che **Ciumbalo** serve contro **Eledef**>.
Era potenzialmente davvero l'ultima carta da giocare contro il Male ma **Aleax** non fece marcia indietro.

<Lo so, ma ci sono troppi nemici e rimangono poche truppe. Non possiamo rischiare di essere presi alle spalle. **Ciumbalo**, procedi!>.
Aggiunse buttando di lato il cadavere di un mostriciattolo rimasto impigliato alla spada di energia.

Intanto, nelle retrovie, il *Ciumbarmato* (il carro armato pilotato da **Ciumbalo**) si muoveva e mirava ai nemici più grossi: dei bizzarri e letali incroci tra elefanti e rinoceronti dai denti a sciabola.

Non appena ricevuto l'ordine, l'umano riccioluto intrappolato al suo interno non si fece più domande in quanto **Raven** aveva parlato.

<ORA IO VI DESTROY CON LA MY TECNICA SUPREME>.
Ticchettò sulla tastiera in maniera corretta, ma il fastidioso computer di sintesi vocale come sempre aveva tradotto per conto suo con l'obiettivo di rendere quanto più ridicole le altrimenti impossibili comunicazioni con l'esterno dell'abitacolo del carro.

Cominciò a pigiare bottoni e tirare leve per dare la giusta energia ed iniziare il procedimento del **SUPREME BIG CANNONE**, una delle sue mosse più devastanti.

Improvvisamente iniziarono a generarsi dal nulla decine di cloni ombra del *Ciumbarmato* (che **Aleax** era solito chiamare *Ciumbalini*) disposti trasversalmente in fila indiana: semplici sagome di nebbia azzurra all'apparenza ma tutte armate con il medesimo *cannone energetico calibro 999mm* in grado di causare gli stessi danni dell'originale.

Ciumbalo diede il comando di iniziare a colpire tutti i nemici creando un fuoco di sbarramento e facendo tirare un sospiro di sollievo a chi fosse collocato dietro di lui.

Intanto *Fenixx Il Pentarca* e *Raven* si erano fatti largo tra gli alieni a furia di fendenti e pugni ignorando i graffietti che erano riusciti a insinuarsi rispettivamente nella armatura infuocata e nel campo di forza.

Mentre il primo cercava di tenere a bada le orde nemiche, il secondo riuscì finalmente a giungere al centro della stella.

Una gigantesca figura oscura, che di poco spiccava nel cielo nero come la pece, mosse, con una paurosa precisione, gli occhi di brace e il capo cornuto verso *Aleax* emettendo un verso gutturale che nessun'altra voce avrebbe mai potuto produrre.

Doveva essere un avviso per i soldati semplici e le altre creature poiché il demone non aveva nessuna voglia di sporcarsi le mani con minutaglia senza importanza: nello scappare persino i suoi stessi mostri finivano l'uno sull'altro incespicando, per allontanarsi quanto prima, anch'essi spaventati dal loro padrone.

Non vi era più anima viva nel centro della stella se non *Eledef*, il signore assoluto del male, e il piccolo, fragile, umano *Raven* che rimaneva costantemente sotto gli occhi sanguigni del Maligno facendogli venire un brivido lungo la schiena.

Lentamente una grande mano artigliata si alzò dall'agglomerato antropomorfo per indicarlo.

Aleax, sudando freddo, riconobbe che probabilmente stesse per giungere la sua ora: non se lo era di certo immaginato così lo scontro finale, *face to face* con un dio e senza il supporto di nessuno.

Attorno a loro i rumori della battaglia si fecero più indistinti perché la voce di *Eledef* sembrava giungere telepaticamente a *Raven*, grattando le costole della sua cassa toracica dall'interno, prendendo forma di parole dolorose e angoscianti.

<Raven>.
Il solo sentire il nome emesso dalla voce del malvagio dio lo fece quasi cedere sulle ginocchia, ma si trattenne dal fare una simile figura.

<Raven...>.
Ripeté, più lentamente, più mellifluo come lava gorgogliante.

<Ormai anche io ho imparato il tuo nome, dopo tutti questi anni che mi hai infastidito>.
Cacciando una risata di ossa che scricchiolavano.

<Dovresti essere onorato, persino un dio come me conosce il tuo insignificante nome, ma alla fine, voi tutti non siete altro che polvere destinata a sparire al primo soffio di vento>.
Disse muovendo una mano oscura: **Aleax** poteva notarla essendo ancora più scura del resto anche se per farlo era costretto ad alzare il collo fino al cielo per riuscire a vedere gli occhi crudeli del dio.

<Avrai anche ragione, ma questa polvere si è unita per sconfiggerti!>.
Di nuovo, la risata quasi sembrava scuotere i cardini stessi del pianeta.

*<**Raven**, guardati attorno>*.
Gli fece notare, scimmiottandolo mentre lentamente si guardava attorno assieme all'umano.

<Sei solo, questa volta nessuno ti salverà, hai portato pochi soldati per affrontare il mio esercito infinito>.
Non che servisse **Eledef** per farglielo intuire, in effetti **Aleax** lo aveva notato ancor prima di atterrare.

L'umano ingoiò l'amaro boccone mentre un fragoroso colpo di cannone squassò la terra facendo elevare un grido di sorpresa e orrore dai mostri che incontravano la morte.

Eledef mosse vagamente gli occhi rossi in direzione dell'esplosione ben lontano dall'essere sorpreso (a differenza dei suoi sottoposti):
<Il Ciumbarmato, ovvio, forse la mia migliore creazione>.
Come a spiegarsi da dove provenisse il rumore precedente, prima di tornare su **Raven**.

*<**Ciumbalo** mi avrebbe dato molte noie, ma ora, grazie alla tua meravigliosa idea strategica, morirete sicuramente tutti>*.
Gorgogliò felicemente nell'oscurità mentre volgeva il capo ancor più vicino al suo avversario, come a volergli svelare un segreto.

<Ed è solo... Colpa... Tua!>.

Scandì mentre il cuore di **Aleax** saltava un battito sapendo che probabilmente egli aveva ragione.

Non solo per i suoi amici ma anche per tutte le persone sconosciute che erano state arruolate per quella guerra, scacciò vaghi pensieri di resa e cercò risolutezza nella successiva richiesta che aveva da fare al proprio dio.

*<Ti prego **Sansy**, dammi la forza per affrontare il nostro nemico!>*. Gridò guardando la spada di luce facendo fare un'altra risata a **Eledef** che percepiva la sua disperazione.

Raven richiamò a sé anche una seconda spada della stessa misura di quella tenuta nella destra e si spinse a capo chino contro il nemico che alzava minacciosamente un artiglio d'ombra…

CAPITOLO 6
IL REGIME

Scimmia RmR

RmR *si pronuncia: [erre-emme-erre]*

*La parola "**RmR**", va scritta con le "**R**" maiuscole.*

*Pur essendo l'abbreviazione di "**Regime Militare Razzista**", è preceduta dall'articolo determinativo "**Lo**" (che a sua volta per questioni fonetiche richiede l'utilizzo dell'apostrofo diventando quindi "**L'RmR**").*

*Questa regola può indistintamente essere applicata o meno alle Preposizioni Articolate. Per esempio si può scrivere sia "**Dell'RmR**" che "**Del RmR**".*

<Forza, continua, sono troppo vecchio per aspettare>.
Si lamentò **Principio Gallio** mentre aveva finito la sua tisana e poggiava la tazza vuota su di un tavolinetto di pietra della spoglia ma protettiva grotta.

La storia stava per ripetersi: sempre in quel punto *Aleax* si bloccava, e per rispetto del suo dolore avevano sempre lasciato stare, infatti egli ancora titubava nel continuare il racconto.

<Dai papino, non possiamo aiutarti se non ci dici tutto!>.
Cinguettò questa volta la vocina di **Nellah** scodinzolando.

Il guerriero trovandosi a metà tra i due non poté fare altro che arrendersi una volta per tutte e sputare tutta la verità che si era sempre tenuto dentro fino a quel momento

Già seduto, si passò una mano sul volto togliendosi il cappuccio appuntito come quello di uno gnomo mostrando una frangia laterale bruna:
*<Non avevamo speranze contro **Eledef**, quindi, seppur a malincuore, ho ordinato a **Fenixx Il Pentarca** di inviare una richiesta di soccorso ai terrestri>.*

Principio Gallio mordicchiò il labbro inferiore masticando a vuoto per qualche istante:
<Perché chiamarli?>.

Raven si strinse nelle spalle:
<Erano gli unici ad avere ancora un esercito, e che esercito... Tutti gli altri avevano mandato quanto possibile per raggiungerci nella prima ondata e ci sarebbe voluto tempo a racimolare altri soldati>.
Poi ammise borbottando:
<Dato che alla fine loro non sono né nostri alleati, ma nemmeno nostri nemici, ho sperato che...>.

E si mise le mani sul volto con un tono sempre più scoraggiato:
<Forse sono stato uno stupido... Avremmo potuto trovare un'altra soluzione...>.

*<Ma no papino non sei stato stupido... è molto difficile trovare le soluzioni migliori stando sul campo di battaglia. Purtroppo la **Desceend** era stata colpita poco prima da quell'acido alieno e non riuscivo più a mettermi in contatto con te...>.*

Mormorò la scimmietta bipede crucciando il musetto.

Nel mentre apparentemente quasi completamente sulle sue, **Principio Gallio** borbottava distrattamente uno dei detti sul pianeta azzurro...

<< "FUGGI DALLA TERRA. NON PER LA TERRA. MA PER I TERRESTRI CHE STANNO SULLA TERRA">>

Doveva aver colto abbastanza nel segno, perché **Aleax** aggiunse al resto mentre spostava le mani a tenersele davanti al grembo:
*<Sulla Terra c'era ancora l'**RmR**, il **Regime Militare Razzista**>.*

Spiegò allo scienziato che era convinto che il loro dittatore fosse stato deposto.

Con lo sguardo perso nel vuoto continuò:
*<Abbiamo abitato lì in incognito per qualche tempo; era un posto orribile. Corruzione, povertà, violenza. L'**RmR** ha pensato solo a potenziare il proprio esercito a discapito del benessere dei cittadini che per disperazione sono diventati come i loro aguzzini>.*

Principio Gallio, a cui non importava molto degli umani in sé, andò a domandare più interessato:
<E le macchine? Progetti?> ...
volendo sapere se ci fosse qualche invenzione particolarmente buona che avessero creato.

In risposta **Raven** scosse il capo:
<Hanno solo armi davvero avanzatissime, ma con infrastrutture vecchie di migliaia di anni e l'industria ancora bloccata a quel tempo. Era un luogo estremamente pericoloso in cui stare: spesso si materializzavano dal nulla mostri di ogni genere e iniziavano a devastare le città>.

Lo scienziato aggrottò le sopracciglia cespugliose mentre dava a **Nellah** un dolcetto home-made prodotto dalle radici di una pianta del giardino.

<Perché andarci, allora?>.
Domandò senza capire mentre **Nellah** ringraziando mangiucchiava il dolciume.

*<**Sansy** ci aveva inviati lì in missione per cercare di debellare il male dal pianeta e reclutare i terrestri tra le nostre fila...*

Ma presto scoprii che i "mostri" erano gli stessi abitanti del globo: covavano così tanto odio e frustrazione che si trasformavano fisicamente in mostri>.

Lo scienziato lo guardò come se avesse pronunciato un'eresia ma consapevole di ciò, prima che poetesse chiedergli qualsiasi cosa, **Aleax** alzò le mani in segno di resa:

*<Lo so che non ha nessun senso, ma non sappiamo come sia tecnicamente possibile, nemmeno **Nellah** ha mai trovato una spiegazione scientifica a questi fenomeni>.*

Ritappandosi la bocca, poiché era proprio quella la domanda che stava per fare per amore della scienza, **Principio Gallio** adocchiò **Nellah** vagamente contrariato.

<Mi sono avvicinata tante volte alla soluzione dell'enigma ma purtroppo, a causa di alcuni sabotaggi e del poco tempo a disposizione, alla fine ho dovuto lasciar perdere>.

Si giustificò **Nellah** col suo mentore mentre si metteva a posto gli occhialoni rosa rotondi.

*<Dopo quasi un anno siamo riusciti a eliminare tutti i mostri più pericolosi, in seguito **Sansy** ci assegnò una nuova missione. Ho affidato quindi il comando del governo a **Samanto**, un mio amico, ma anche la sua sorte non fu delle migliori...>.*

Ammise tristemente mentre lo sguardo si perdeva nel passato:
*<**Un giovane** politico **di nome Scimmia RmR,** che era stato mio amico finché non si volse al male, aiutò il regime a logorare la fiducia fra i terrestri ed il Governo in carica: arrivato il momento giusto fece un colpo di stato, **tradì ed assassinò Samanto** innestando la sua dittatura di terrore...*

...Eliminò qualsiasi altro oppositore politico e per finire, arrivò a comandare a bacchetta l'intera popolazione planetaria creando divisioni interne per meglio assoggettarla...

...Il suo obiettivo era quello di deumanizzare e frammentare le classi sociali in maniera tale da poterle controllare, tutto ciò attraverso la creazione di infinite piccole differenze: persino avere gli occhiali o non averli poteva essere motivo di discriminazione...

...Gruppi sempre più piccoli di amici, tutti con il terrore di poter essere preda di un altro o di venire denunciati al regime>.

Spiegò con quanta più sincera tristezza potesse mettere nel tono della voce, non riuscendo ad evitare di immedesimarsi nelle povere anime rimaste lì.

<Papino, non trovi di dover dire anche il resto?>.
Domandò **Nellah** agitando la coda sotto al camice da laboratorio generando una occhiata infastidita da parte dell'anziano scienziato che era certo che ci fosse ancora dell'altro da raccontare.

Raven scansò lo sguardo con vergogna:
<I terrestri non hanno mai visto di buon occhio le razze aliene, anzi si discriminavano persino tra di loro a causa di minime varianti fenotipiche.

L'RmR ha colto la palla al balzo facendo credere allo sprovveduto di turno che la sua etnia fosse "quella eletta" ... Ma la verità era un'altra: l'unica "Razza" per loro superiore è quella degli "RmR" ... che in realtà non esiste!...

...Per questo motivo, nel corso della battaglia finale sul Pianeta Eledef, non appena abbiamo fornito loro le coordinate per localizzarci si sono presentati immediatamente con l'intera flotta di incrociatori stellari armata delle più letali armi di distruzione di massa>.

Aleax, mentre raccontava, sentiva ancora nella testa le grida di mostri, soldati e alieni che cercavano di capire che cosa stesse succedendo e a cosa fosse dovuta quell' improvvisa pioggia di fuoco proveniente dallo spazio.

Fenixx Il Pentarca, che pareva averlo compreso subito, prima gridò il suo motto di guerra e poi, una volta raccolte le forze, si lanciò come un meteorite kamikaze contro **Eledef.**

Raven, non aveva la stessa "fortuna" del suo compagno di potersi immolare senza conseguenze. Il **Super-Shock** infatti, per un motivo a lui sconosciuto, portava con sé una specie di maledizione: al suo interno albergava sigillata un'anima nefasta che **Nellah**, con timore, era solita chiamare **Papino Malvagio**.

Se per un qualsiasi motivo **Aleax** fosse passato a miglior vita, avrebbe preso il controllo del suo corpo il suo alter ego indemoniato (e viceversa).

Fu così che il guerriero, per fare anch'egli la sua parte nel cercare di danneggiare il più possibile il Maligno, in pieno scontro tra spade di luce e artigli d'ombra, guardò verso l'alto il suo nemico, che pareva pure lui sinceramente stupito, ed incanalò la totalità della sua energia vitale in un devastante raggio generato dal **Super-Shock,** di fatto morendo ma tornando a nuova vita un secondo dopo, ringhiando con *Eledef.*

Fortunatamente, prima che potesse riuscire a riprendere completamente conoscenza, sotto i colpi delle atomiche del **RmR** il pianeta esplose causandone nuovamente la morte.

L'immensa deflagrazione, sommata alla pioggia di fuoco orbitale ed ai micidiali attacchi suicidi di *Raven* e *Fenixx Il Pentarca* riuscirono ad uccidere *Eledef.*

Quest'ultimo esalando l'ultimo respiro, scoppiò fragorosamente generando un'onda d'urto che si estese per diversi anni luce nello spazio profondo spazzando via interi sistemi planetari e ovviamente l'immensa flotta dell'**RmR** stesso.

Eroicamente *Nellah, dallo spazio, riuscì* in pochi millesimi di secondo a calcolare una traiettoria tale per poter fuggire a tutta velocità con la **Desceend** ed allo stesso tempo intercettare il corpo del suo *papino* che stava venendo sparato in orbita dall' onda esplosiva.

<Mi stai dicendo che sei morto?>.
Chiese **Principio Gallio** senza molto stupore, d'altronde anche **Fenixx** aveva un simile potere ma che si era esaurito con il prematuro scioglimento del *Sigillo Pentarca.*

<Sfortunatamente (o fortunatamente?) sì, ma poi sono tornato, tecnicamente sarei morto due volte: è una faccenda complicata quindi direi di lasciare perdere>.
Disse provando ad allontanare la curiosità dell'uomo con un movimento della mano venendo fulminato sapientemente da un'occhiataccia di *Nellah* dietro le lenti spesse degli occhiali.

<Piuttosto… pensiamo a salvare il mondo e i nostri amici>.
Propose *Aleax* ignorando velocemente lo sguardo del figlia che roteò gli occhi.

<Se riuscissimo a modificare la storia del pianeta Terra...
*Potremmo cercare di impedire la nascita del **RmR** e portare a*
*termine il piano di **Sansy** di reclutare i suoi abitanti nel nostro*
grande esercito!>
Concluse mentre **Principio Gallio** annuiva sapientemente.

<Dobbiamo capire quando intervenire>.
Gli fa notare l'anziano mentre improvvisamente viene distratto da
qualcosa al di fuori della grotta.

<Voi! Stupidi cavalli! Dannati quando vi ho portato qui, fuori dal
mio giardino! I cavalli sono delle bruttissime persone...>.
Disse mulinando pericolosamente la tazza per poi lanciarla fuori
dall' ingresso spaventando gli animali che con un nitrito si
allontanarono velocemente dal vecchio pericoloso.

<Ci servirebbe conoscere nella sua totalità la storia terrestre... ma
è impossibile scandagliare ogni singolo avvenimento...>
Sussurrò **Raven** sconfortato.

<ANUBIS!>.
Esclamò improvvisamente **Sansy**, riempiendo di luce l'intera
stanza.

*<Divino **Sansy**, sai come aiutarci?>.*
Chiese l'incappucciato.

<Come ho fatto a non pensarci prima... In un tempo lontano ero
*intrappolato nel nucleo del pianeta lavico assieme ad **Eledef**. Ho*
ricordi frammentati poiché la mia energia sacra era al minimo. Di
*per certo però rimembro di aver inviato sulla Terra **Anubis**, un*
*Cavaliere della Seconda Generazione (la stessa di **Fenixx Il***
***Pentarca**): purtroppo ero troppo debole e ben presto persi ogni*
contatto telepatico con lui>.

Borbottò la luce facendo roteare gli occhi di tutti ma **Nellah** subito
riprese parola.
*<Si certo **Anubi** era considerato una divinità dal popolo degli*
*Antichi Egizi. È un ottimo indizio questo! Grazie **Sansy**. Il problema*
comunque è che l'Egitto è grandissimo e il loro regno è durato
secoli>.

<Potremmo provare a cercare qualche connessione con l'operato
*del **RmR**... qualche stranezza, qualche curiosità... **Nellah**?>.*

Provarono in coro a chiedere alla più intelligente del gruppo, mentre la scimmietta umanoide stava già mettendo mano al suo impianto di estensione della memoria.

<Accedo ai dati. Devo solo incrociare centinaia di migliaia di avvenimenti... OK FATTO!>.
Ammise annuendo mentre **Principio Gallio** ammirava come il suo ex allieva, già prodigioso di suo, si fosse persino impiantata dei potenziamenti cibernetici per ampliare ulteriormente le sue capacità.

*<Questo avvenimento è parecchio bizzarro: sembra che l'**RmR**, apparentemente senza motivo, abbia fortemente voluto una campagna militare in Egitto. Nello specifico si sono pesantemente accaniti contro degli antichi e decadenti monumenti: le "Piramidi" ... proporrei di andare nell'Egitto contemporaneo per cercare qualche indizio>.*
Spiega dubbiosa mentre **Aleax** stava lentamente stringendo gli occhi.

*<**Anubis** era un eretico quindi... proclamarsi come Divinità al pari di **Sansy** agli occhi dei primitivi terrestri... che delusione>.*
Sussurrò **Raven** ancora infastidito dal comportamento del *Cavaliere,* annuendo sovrappensiero, prima di rendersi conto che sarebbero dovuti ripartire.

<Vieni anche tu?>.
Propose a **Principio Gallio** che fece un lieve sorriso.

<L'universo mi ha già dato tutti i segreti che mi servivano, e il passato... nemmeno quello mi interessa. Sono vecchio, lasciatemi qui>.
Spiegò a grandi linee facendo scambiare un'occhiata tra genitore e figlio, prima di dare ad entrambi una calorosa pacca sulla spalla.

Erano tutti ben consapevoli del fatto che anche modificando una minima cosa avrebbero completamente cambiato il corso della storia, e come un effetto domino anche il destino di tutti gli altri universi sarebbe mutato in maniera del tutto imprevedibile.

Questo avrebbe anche potuto essere il loro ultimo incontro con **Principio Gallio.**

<Su su... ora basta>.
Replicò in tono burbero l'anziano mentre indicava la macchina.

<Andate, può anche fare da navicella spaziale>.
Concluse.

Nellah ringraziò mentre **Aleax** se ne andò per ultimo con una battuta ad effetto delle sue:
<Grazie di tutto caro amico, speriamo di rivederci in un mondo migliore>.

Disse facendo sorridere l'illustre scienziato sotto la barba cespugliosa prima di salire definitivamente in macchina e prendere il volo.

Durante il decollo **Nellah**, già nostalgica, si girò un'ultima volta a guardare **Principio Gallio** che era uscito fuori dall'uscio della caverna per seguirli con le mani dietro la schiena.

<Sono sicuro che lo rivedremo>.
Esclamò **Raven** con tono deciso. Dovevano crederci entrambi, e anche **Nellah** annuì rischiando di far cadere gli occhialoni rosa dal nasino da scimmia mentre si rimetteva seduta sulla comoda poltrona.

Un viaggio piuttosto tranquillo, dato che la **Macchina Del Tempo**, seppur molto meno armata della **Desceend** e senza dispositivi di *occultamento*, era estremamente rapida, piccola e agile da schivare le navicelle di pirati e malviventi con intenzioni per nulla gentili che erano fiorite poco dopo la guerra infestando lo spazio come blatte.

CAPITOLO 7
LA TERRA

Atterraggio sul pianeta Terra

La Terra, vista dallo spazio, risultava piuttosto normale: piena di nuvole, acqua e zone emerse sparse qua e là come macchie.

Mentre *Aleax* pilotava, *Nellah* aveva giocato per tutto il tempo con il pannello di controllo per vedere quali software fossero in aggiunta al design antiquato e diverse volte aveva esternato apprezzamenti all'inventiva dello scienziato come se fosse davvero lì presente anche lui.

<Lo spazioporto è di la>.
Disse *Nellah* mentre scendevano di quota indicando la direzione adatta dove dirigersi, ma *Raven* invece virò il volante dalla parte opposta.

<Non vedo truppe di pattuglia del RmR, e neppure velivoli... Penso che potremmo riuscire a raggiungere le piramidi in volo senza problemi>.
Esclamò dubbioso mentre *Nellah* storse le labbra come faceva lui quando era pensieroso e il suo cuore gioì di dolcezza.

<Ed eccoci qui. È molto strano, fino ad ora non abbiamo incontrato nessuno. La Terra sembra essere completamente deserta... che realmente l'RmR abbia attaccato il Pianeta Eledef con il 100% delle sue truppe? >.
Disse *Aleax* scandendo le parole mentre la macchina si poggiava nel bel mezzo del deserto.

<Quindi lì è dove avrebbero dovuto collocarsi le piramidi?>.
Chiese *Raven* indicando un punto di macerie e distruzione e la figlio seguendone il dito si sorprese così tanto che la mascella gli cadde facendola sembrare un macaco urlatore.

<Le hanno davvero completamente distrutte!>.
Saltellò sul sedile per mostrare tutta la sua irritazione.

<Già... sembra estremamente sospetto come comportamento, non trovi?>.
Chiese retoricamente alla figlio che annuì.

<Comunque, andiamo a fare un po' di ricerche in giro...>.
Borbottò mentre stava già per mettere mano sulla portiera, ma essa non si aprì richiamando l'attenzione al navigatore di bordo.

<Aspetta papino! Il rilevatore d'inquinamento dell'aria segnala la presenza di gas nocivi all'esterno>.

Aleax smise di macchinare con la portiera comprendendo che non era un difetto di quel rudere di creatura di **Principio Gallio.**

<Abbiamo un rilevatore della qualità dell'aria?>.

Fece eco alle sue parole con un tono quasi stupito.

*<Wow, **Principio Gallio** ha proprio pensato a tutto, ha anche i sedili massaggianti questa roba?>.*

Chiese ironico mentre **Nellah** roteava gli occhi per andare a spiegare cosa intendeva con una calma di un'adulta che sembrava avere a che fare con un bambino.

*<In realtà si e sono anche riscaldanti. Ma tralasciando gli accessori inutili, il rilevatore è utilissimo! Prima di tutto si tratta di una **nuovissima tecnologia** in grado di captare anche le nano-particelle. Per quanto concerne la sua utilità: per esempio potremmo recarci per sbaglio in epoche dove l'aria non è più respirabile e quindi usciti dalla macchina rischieremmo di soffocare>.*

Raven faticava ad immaginare la Terra senza il suo ossigeno, in quanto base della vita organica, ma **Nellah** rispose alla sua domanda senza nemmeno che l'avesse pronunciata ad alta voce.

<Ad esempio se tornassimo indietro fino a quando il pianeta era ancora in formazione, fra eruzioni vulcaniche e fiumi di magma, nel bel mezzo della fuliggine si rischierebbe di soffocare>.

Facendo un esaustivo esempio.

<O se andassimo troppo avanti e l'atmosfera della Terra si fosse ormai consumata non ci sarebbe sicuramente aria>.

Anche quell'esempio calzava a pennello facendo annuire **Aleax** che mostrava il labbro inferiore come a capire meglio il discorso.

<Ad ogni modo… forza papino, prendiamo un campione d'aria ed analizziamolo!>.

Borbottò **Nellah** dando un'occhiata di complicità a **Raven.**

<Ma no papino! Sta in macchina>.

Ingenuamente **Aleax** stava impulsivamente pensando di far entrare un po' d'aria per raccogliere il campione necessario alla riuscita dell'esperimento.

<Non che volessi...>.

Mentì spudoratamente alla figlio osservando **Nellah** pigiare tasti su tasti mentre un ronzio fastidioso entrò nelle orecchie di entrambi.

I minuti passavano, attimi durante i quali la macchina stava analizzando il tutto.

<Ma è incredibile>.
Sgomenta **Nellah** avvicinò gli occhi al monitor.

<Attenta ancora ci entri dentro>.
Ironizzò il genitore dandosi un leggero colpetto sulla fronte.

<Ho capito, ho capito>.
Mugugnò il bambina mentre si rimetteva seduto correttamente.

<Che dice?>.
Riprese l'argomento **Raven**.

*<Sembra esserci un **nano virus** in quest'aria. La cosa più sconvolgente è che facendo dei rapidi calcoli... Determinando la velocità del vento e il coefficiente di diffusione particellare, è molto probabile che già da tempo tutta l'aria della Terra sia stata avvelenata con questo virus>.*
Spiegò velocemente piena di emozione guardando **Aleax** con gli occhioni luccicanti, non che egli capisse tutta la gioia di sua figlia per la scienza poiché si era sempre e solo limitato a sfruttare unicamente le tecnologie che gli erano più utili e congeniali.

In ogni caso decise di dare un piccolo spunto alla figlio:

<Dovremmo assolutamente scoprire quali sono gli effetti del virus, non trovi?>.
Chiese con un sorriso mentre **Nellah** annuiva assorta nel suo nuovo giocattolo donatole dall' illustre.

<Niente di più facile papino, gli strumenti nella macchina hanno persino un metodo AI per simulare un esperimento>.

Raven sollevò un sopracciglio chiedendole ulteriori delucidazioni.

<Molte pandemie nel corso della storia dei pianeti sono andate e venute, sono state debellate o sono ulteriormente mutate. È utile sapere gli effetti di una malattia per capirne la pericolosità e se si può essere contagiati>.

Spiegò mentre continuava a digitare nel computer di bordo della *Macchina Del Tempo* i dati relativi al campione d'aria.

Via via che leggeva i risultati dell'analisi *Nellah* diventava sempre più bianco in volto.

<Tutto bene?>.
Si preoccupò *Aleax* togliendosi il cappuccio e lasciandolo cadere sulle spalle, mostrando la bruna frangia laterale.

<Ehm, si papino, tranquillo ...>.
Borbottò *Nellah* con ben poca sincerità.

<Dunque che cosa fa? Quali sono i suoi effetti?>.
Nellah sghignazzò nervosamente come faceva sempre sia lei che suo padre quando dovevano dire qualcosa che non volevano.

<Un virus abbastanza ostico, sembrerebbe essere in grado di provocare mutazioni nel DNA>.
Raven la guardò qualche secondo in più non avendo colto la gravità della situazione.

<E quindi? Quale sarebbe il problema?>.
Chiese in tutta onestà mentre *Nellah* guardava fuori dal finestrino convinta di aver visto qualcosa muoversi lì intorno.

<Gli infetti diventano costantemente sempre più aggressivi e maligni, si può dire che abbia una lontana parentela con le ombre di Eledef stesso>.
Aleax sgranò gli occhi sporgendosi un po' verso l'altro con un volto felice.

<Ma è fantastico!>.
Prima di ricredersi.

<Cioè, no, non lo è, ma significa comunque che siamo sulla strada giusta!>.
Chiocciò felicemente applaudendo.

<Si, a quanto pare, oltre Sansy, anche Eledef sembra aver fatto visita a questo pianeta per assicurarsene il dominio>.
Spiegò *Nellah* a grandi linee.

<Non potresti essere più specifico? Che cosa non mi stai dicendo?>.
Chiese *Raven* insospettito dalla risposta troppo generica.

<Niente...>.
Mentì **Nellah** stringendosi nelle spalle.

<Nellah...>.
La voce aveva un tono piuttosto pronto alla predica ma il bambina lo guardò con sincerità.

<Non ti piacerebbe saperlo, papino>.
Spiegò perché fosse così restia mentre **Aleax** sottovalutando il tutto alzò le spalle.

<Vai forza... Sputa il rospo>.
Propose all'altra con un sorriso fiducioso che non fosse niente di così terribile.

*<Ecco... Il virus è **mutageno**, precisamente è un virus "**Mostruosizzante**". Quindi non è sbagliato supporre che effettivamente...potremmo...>.*
Si bloccò di nuovo guardando **Raven.**

<Continua>.
Aggiunse muovendo una mano.

<Durante i nostri soggiorni, potremmo aver ucciso centinaia di cittadini innocenti che si erano trasformati in mostri solo perché infettati dal virus >.
Mormorò rapidamente **Nellah** chiudendo gli occhi nelle mani e nascondendosi il volto, mentre **Aleax** guardava il vuoto lasciando che il suo subconscio metabolizzasse questa nuova terribile scoperta.

*<Ma quindi... **Scimmia**, **Samanto**, il papino malvagio...>.*
Sussurrò tra sé e sé fissando il deserto sconfinato.

*<Si papino, i mostri che abbiamo ucciso quando eravamo sulla Terra non erano veri mostri come quelli di **Eledef,** creati dalla sua volontà, ma erano solo umani innocenti>.*
Spiegò di nuovo mentre **Raven** aveva poggiato la testa al sedile.

<Mi dispiace moltissimo... Purtroppo all' epoca non possedevamo delle strumentazioni tecnologiche così avanzate. E il tempo era poco... Poi i sabotaggi e i depistaggi...>.
Mormorò **Nellah** cercando di prendersi una parte della colpa di quelle inconsapevoli stragi di innocenti.

*<A questo punto dobbiamo ringraziare **Sansy** che ci ha portati via dal pianeta, almeno così siamo rimasti esposti per poco tempo alle mutazioni. Probabilmente tu non essendo del tutto umana non sei infettabile, mentre io… beh probabilmente il **Super-Shock** ha mi ha costantemente protetto, assorbendo le particelle virali e rilegando la malvagità al suo interno>.*

Provò a razionalizzare mentre alzava una mano per dare una carezza alla figlio sulla testa, rude e bonaria, ma pesante per le colpe che avevano appena scoperto di avere.

<Non è stata colpa nostra papino, non lo sapevamo nemmeno>.

L'uomo annuiva sovrappensiero con una maschera in volto insensibile ai tentativi di risollevargli il morale.

Nellah dato che l'altro avrebbe comunque continuato a pensarci per ore, nonostante le sarebbe piaciuto approfondire ulteriormente l'argomento "per il bene della scienza", sapeva che c'era ancora tantissimo da fare e quindi decise di tentare un nuovo approccio.

<Papino, forza! Ricordati che il passato verrà modificato!>.

Provò a ricordargli producendo nell'altro un enorme respiro come se si stesse svegliando solo in quel momento.

<Si, hai ragione>.

Fece eco mentre cercava di concentrarsi nuovamente sulla missione anziché rimuginare riguardo tutte le persone che aveva terminato.

<Dunque, procediamo. Abbiamo compreso che la malvagità dei terrestri molto probabilmente è consequenziale all'infezione da parte di questo "virus mostruosizzante". Dobbiamo quindi bloccarne la diffusione. Il problema è che non sappiamo in che anno tornare indietro, non abbiamo modo di scoprire quando sia stato rilasciato nell'atmosfera e da chi.>.

Borbottò mentre dava qualche colpetto con le mani sul volante e soffiava ancora fuori l'aria dai polmoni.

<Ho un'idea, papino! La Macchina Del Tempo è equipaggiata con il rilevatore della qualità dell'aria. Iniziamo a percorrere a retroso gli anni e lasciamo che sia il rilevatore stesso a determinare quando fermarci!>.

Propose ***Nellah*** a ***Raven***.

<Geniale! Non appena non vi sarà più presenza del virus vorrà dire che in quel giorno qualcuno o qualcosa lo ha rilasciato nell'atmosfera>.

Applaudì a suo figlia mentre qualcosa improvvisamente attirò l'attenzione del bambina-animale.

*<Papino, il sensore di movimento segnala multipli nemici in avvicinamento da terra. Potrebbe essere l'**RmR**, sbrigati metti in moto, metti in moto!>.*

Aleax controllò fuori dai finestrini e vide decine di mostri assetati di sangue che, come predatori nella savana, si stavano avvicinando di corsa alzando polveroni di sabbia a ogni sbuffata delle ruote.

Raven senza farselo ripetere due volte si sbrigò a mettere in moto:

<Sembra che il virus sia arrivato all'ultimo stadio trasformando tutti gli umani rimasti in bestie assetate di sangue. Non ci sono missili, vero?!>.

Chiese a **Nellah** leggermente nel panico per la situazione dato che la chiave anche se girava non riusciva a mettere in moto il mezzo.

<Papino, è una macchina del tempo, non una vera astronave. Non ha né armi né deflettori. Sbrighiamoci, pigia il pedale!>.

Schiamazzò la bambino agitandosi e **Aleax** si accorse che in effetti per quanto potesse girare la chiave in quel veicolo doveva contemporaneamente accelerare.

Un paio di sgassate e finalmente sentirono il rombo del motore decidendo di andare direttamente a sollevarsi in aria grazie ai propulsori a getto che avevano preso il posto delle ruote.

Non appena in volo, **Raven** notò che alcuni terrestri, trasformati in mostri volanti, si stavano pericolosamente avvicinando dall' alto puntandoli come kamikaze.

Aleax lasciò andare i comandi per far atterrare di colpo la macchina costringendo **Nellah** ad afferrarsi al sedile per evitare di finire a fluttuare nell'abitacolo per la momentanea assenza di gravità.

Non appena a terra virò ferocemente l'auto facendo schiantare il musetto scimmiesco contro un vetro iniziando un inseguimento fra le dune.

*<Tutto bene **Nellah**?>.*

Chiese velocemente per assicurarsi che non si fosse fatta male.

<Tutto bene, allaccerò la cintura la prossima volta!>.
Avvisò cominciando a digitare freneticamente nel computer di bordo.

<Riesci a impostare il viaggio nel tempo nei prossimi...trenta secondi?>.
Chiese **Raven** prima di notare che gli assalitori stessero nuovamente per riuscire a circondarli.

<Anzi dieci!>.
Aggiornò la situazione mentre **Nellah** intanto stava facendo le sue cose.

<Ce ne metto tre, se non mi metti fretta papino, lo sai!>.
Rimbeccò mentre le dita tozze da scimmia si muovevano veloci sulla tastiera balzando da una parte all'altra

*<Ehm, **Nellah** non c'è più tempo...!>.*
Esclamò mentre guidava alla cieca cercando di schivare quanti più umani indemoniati possibile.

<Ancora un secondo!>.
Ringhiò scontenta **Nellah** mentre **Aleax** poteva solo andare avanti librandosi sulle dune sperando che l'altra facesse in tempo.

Il guerriero iniziò a pregare **Sansy** per la riuscita quando **Nellah** esclamò un gioioso:
<FATTO!>.

Entrambi videro la macchina improvvisamente entrare in un portale dimensionale lasciandosi dietro pennellate della realtà precedente: si rilassarono così tanto da sciogliersi quasi per dieci centimetri sui rispettivi sedili.

*<Grazie **Sansy**, grazie **Nellah**...>.*
Mormorò felicemente rimettendosi composto dato che il viaggio nel tempo era terminato in un battito di ciglia con l'Egitto Antico che si stagliava al di sotto di loro.

*< **Nellah**, sei proprio la mia salvezza>.*
Replicò andando ad allungare un braccio per tirarsela vicino tenendo una sola mano sul volante.

CAPITOLO 8
VIAGGIO NEL TEMPO

L'antico Egitto

Atterrando dolcemente, il veicolo riuscì a giungere sulla terra ferma.

Raven prontamente guardò la distesa di sabbia in cerca dei magnifici monumenti esclamando mentre usciva dall'abitacolo facendo entrare una zaffata della stessa a causa del vento impetuoso:
<Direi che siamo arrivati. Ecco le Piramidi!>.
<Chiudi papino, chiudi!>.
Gridò il piccola provando ad allontanare i granelli dal cruscotto del prezioso veicolo cedendo per qualche istante alla sua parte scimmiesca nei versi mentre **Aleax** lottava con la corrente per sigillare in fretta lo sportello.

Dopo qualche secondo di silenzio tra i due **Nellah** si ricompose dando un colpetto agli occhiali rosa per farli tornare al loro posto e scuotendo una manica del piccolo camice da laboratorio.

<Bene papino, per cominciare la nostra missione direi di controllare se, nella data odierna, è successo qualcosa di particolarmente importante>.
Propose andando ad investigare nel computer di bordo mentre **Raven** per ingannare il tempo si batteva le mani sulle ginocchia nonostante sapesse bene che **Nellah** voleva silenzio assoluto per concentrarsi al meglio mentre ticchettava sulla tastiera.

<Ecco!>.
Disse a un certo punto avviando la condivisione dell'ologramma di una regina egiziana dalla bellezza indiscussa aggiungendo:
<Oggi è il dodici agosto dell'anno meno trenta: in base al calendario terrestre sembra sia morta una tale "Regina Cleopatra", la regina dell'intero Egitto! Pare che si sia suicidata con del veleno!>.

Aleax storse le labbra intuendo dove l'altra volesse andare a parare e non trovando di meglio da dire borbottò un:
<Non è una coincidenza vero? Una regina morta avvelenata e la diffusione di un pericoloso virus velenoso mostruosizzante, lo stesso identico giorno...
*...Direi che bisogna trovare questa regina e farci due chiacchiere, probabilmente in questa epoca **Eledef** ha inviato un sicario per eliminarla>.*

<Papino, non trovi sia eccessivo pensare che il destino del mondo intero dipenda da una singola persona? Magari il veleno si è sparso per qualche altra ragione e non per forza in maniera consequenziale alla morte di una regina>.
Propose **Nellah** mentre l'uomo alzava le spalle.

<Non abbiamo una pista migliore, per ora, quindi...>.
Disse **Raven** mentre avvisava l'altra di stare attenta che avrebbe aperto di nuovo la portiera per uscire, inducendo **Nellah** a tappare in maniera sbrigativa i buchi delle ventole con le mani anche se sapevano entrambi che il suo fanciullesco tentativo di proteggere la macchina sarebbe servito a poco.

Non appena fuori, dato uno sguardo attorno, abbassò invano ulteriormente il cappuccio per non lasciare che la sabbia si infilasse all'interno degli abiti e degli occhi mentre si avviava lasciando **Nellah** nell'auto dove avrebbe dovuto attenderlo fino al suo ritorno.

Mentre cercava di farsi strada, passo dopo passo fra le soffici dune nelle quali sprofondavano i suoi pesanti stivali, mormorava le solite ingiurie contro **Sansy** anche se in questa epoca non riceveva da lui nessuna risposta.

Il suo primo obiettivo era cercare di raggiungere alcune case che riusciva a vedere in lontananza come punti luminosi cotti dal sole. Avvicinandosi meglio notò che erano poco più che casupole di fango e argilla, ben diverse dalle *piramidi* o dal *palazzo reale:* una enorme struttura con mura di mattoni bianchi e lisci situata più a monte.

Verso l'imbrunire raggiunse un primo umile villaggio, scorgendo incastrata fra le rocce una vecchia e logora mantellina: decise subito di raccoglierla ed indossarla per cercare di dare meno nell'occhio.

Entrando, non poté non notare, con la vista e con l'olfatto, delle casupole di semplici travi di legno tenute assieme, come collante, da materiale brunastro probabilmente organico.

L'odore acre pizzicò il naso di **Aleax** a tal punto, non essendo abituato a certe secrezioni così terrestri, che dovette nasconderlo all'interno della cappa che per l'occasione era stata sovrapposta alla sua tuta futuristica, per lui come una seconda pelle, nascondendola da sguardi indiscreti, cercando di apparire il più normale possibile:

un umano come gli altri di un'epoca remota, e non un viaggiatore spazio-temporale.

Nel frattempo, fra un passo e l'altro l'incappucciato rifletteva sul presente e sul futuro: molte cose cambiavano nel corso dei millenni, forse l'idea principale di far passare dalla loro parte i terrestri, depurati dal veleno, avrebbe funzionato nella linea temporale precedente, ma chi poteva affermare con assoluta certezza che nel corso delle prossime ere *Eledef* non avrebbe cercato in altre maniere di corrompere gli abitanti del pianeta con qualche altra strana sostanza?

Nessuno poteva saperlo con certezza, ne *Raven*, che sicuramente non era uno scienziato, ma nemmeno *Nellah* o *Principio Gallio*: era una scommessa col destino, una responsabilità che tutti loro avevano accettato di accollarsi per rendere migliore l'universo, anche se ad *Aleax* alla fine in realtà non interessava nient'altro che abbracciare di nuovo i suoi amici.

I più disparati scenari apocalittici si inseguivano nella sua mente: si chiedeva se anche il semplice fatto di camminare su quella sabbia in quel momento, senza nemmeno prendere in considerazione di poter essere visto da qualcuno, avrebbe potuto portare in qualche modo, alla sua futura causa, qualche effetto in positivo o in negativo.

Fantasticando e delirando, forse per il clima arido o semplicemente per il jet lag temporale, pensò che magari lasciando un'impronta in quel preciso istante avrebbe potuto creare una conca in cui uno scorpione avrebbe potuto trovare una nuova preda, quindi mangiare, riprodursi e un giorno generare una nuovissima specie in grado di conquistare il mondo intero.

Scacciando i pensieri inutili, cominciò ad avvicinarsi all' insediamento notando che molti avevano, collegato alla propria abitazione, un piccolo recinto, probabilmente dove di giorno gli animali potevano pascolare sotto la supervisione di qualcuno e ogni casa aveva delle minuscole finestrelle per trattenere il calore contro il freddo del deserto notturno.

Raven si chiuse ancor più nella sua mantella camminando in linea retta lungo lo stradone principale, infatti il piano architettonico dell'insediamento sembrava prevedere, ad intervalli regolari, sempre almeno una via sgombera abbastanza ampia per fare in modo che due carri e due umani potessero camminare avanti e indietro senza scontrarsi.

Il suo arrivo non destò poi molta confusione, anche grazie alla mantellina, permettendo ad *Aleax* di incamminarsi quasi non visto fra gli abitanti che stavano finalmente cominciando a mostrarsi mentre erano affaccendati nelle loro questioni: c'erano donne che tenevano d'occhio i pargoli mentre erano intente a preparare da mangiare o a sgozzare qualche povero animale, tenendolo per le zampe con un sorriso enorme sul volto per la gioia di aver recuperato un pasto sicuro per sfamare l' intera famiglia.

Il viaggiatore temporale, incantato da quello che sembrava ai suoi occhi un documentario sull'antichità, volse dolcemente il capo in una nuova direzione, dove due enormi uomini abituati evidentemente ai lavori pesanti se ne stavano a blaterare in egiziano stretto davanti a una partita di un qualche gioco primitivo.

Ancora una volta affascinato, decise di rimanere qualche minuto a guardarli avvicinandosi all' angolino di una stradina adiacente in modo da fare finta di fare altro, per non sembrare un individuo sospetto, dato che difficilmente avrebbe potuto utilizzare, senza dare nell'occhio, i poteri del *Super-Shock* in caso di difficoltà.

I due uomini erano estremamente corpulenti, a tratti gli ricordavano "il guerriero medio" di **Doommonia**, con vene e muscoli che sbucavano in ogni dove ed indossavano solo una gonnella di lino coperta da un pezzo di stoffa a mo' di cintura calante che evidentemente faceva parte del costume locale.

Raven non sapeva chi stesse vincendo, in quanto non conosceva le regole, ma improvvisamente uno dei due, con un colpo di natiche, si sollevò di scatto uggiolando di gioia mentre l'avversario, che stava quasi sudando freddo, si piegava su sé stesso con una mano a coprirsi il mento mentre la schiena si incurvava tanto da mostrare la spina dorsale fin dove la gonnella non copriva i glutei.

Aleax venne distratto dal passaggio di una donna con una bambina legata dietro la schiena, e fu lieto di constatare che certe cose non cambiavano mai nemmeno dopo epoche intere.

La bambina dietro di lei, che avrà avuto sì e no un anno, stava felicemente giocando con una bambola di pezza rozzamente creata con degli stracci arrotolati fra loro.

Tornando ai due, il guerriero si accorse che nel frattempo la partita fosse terminata e dato che comunque non avrebbe potuto giocare con loro, anche se sotto sotto ne aveva una irrefrenabile voglia, decise di proseguire lungo la via verso quel palazzo lussureggiante che vedeva verso l'alto dove immaginò vi fosse *Cleopatra*.

Un suono strano catturò l'attenzione di *Raven* solo dopo molti minuti di cammino in cui continuava a guardarsi attorno rischiando di svitarsi la testa perché, rispetto a **Doommonia**, lì era costretto a tenere un profilo basso per risultare il più possibile invisibile alla gente.

Improvvisamente una figura femminile dalla pelle brunita dal sole gli rivolse un enorme sorriso e con gli occhi brillanti, sporgendosi verso di lui, pronunciò qualcosa in egiziano.
Aleax prontamente, senza farsene accorgere, attivò il traduttore simultaneo automatico del **Super-Shock**:

<Sei un viaggiatore?>.

L'affermazione, generò istantaneamente un lieve brivido di panico lungo la schiena di *Raven*, che cercò di indietreggiare leggermente per non essere intralciato nel caso in cui quella fosse stata qualche pericolosa assassina mandata da *Eledef*.

Ripensandoci ella avrebbe avuto ogni possibilità di infilargli un coltello nella pancia già quando si era avvicinata quindi il guerriero iniziò a farfugliare una vaga risposta alla strana domanda della signora.

<Un viaggiatore!>.
Aggiunse di nuovo con un tono sognante.

<Che cosa vendete?>.
Chiese quindi spingendosi avanti ancora di un passo e facendo indietreggiare l'uomo che alzò le mani in segno di resa come se avesse avuto davanti a sé un mostro in forma di donna.

Mentre *Raven*, con un sorriso imbarazzato, cercava di congedarla con gentilezza, il sibilo di quelle parole melliflue cominciò a serpeggiare tra la folla e una dopo l'altra una decina di popolane, tutte estremamente simili alla prima per la carnagione ed il vestiario, si addossarono avvicinandosi ad *Aleax* mentre egli alzava nervosamente le mani.

Confabulavano felicemente in egiziano sperando che l'incappucciato fosse un mercante di ninnoli o altre cianfrusaglie, oppure magari un farmacista o un erborista.

Una ad una cominciarono a fare pressione affinché *Raven* esponesse la sua mercanzia mandando ancora più in confusione il viaggiatore che ovviamente non avrebbe potuto in alcun modo accontentarle.

Più il tono cresceva eccitato, più *Aleax* si sentiva in imbarazzo e sarebbe voluto sparire dalla faccia della Terra.

<Basta!>.
Gridò all'improvviso facendo abbassare di colpo le voci delle donne mentre guardavano sgomente il viaggiatore temporale.

<Non. E ascoltate bene, NON vendo niente!>.
Alzò di nuovo la voce per farsi sentire anche dall'altra parte del gruppo che magari non era riuscita ad udirlo, occupate come erano a parlottare di quello che speravano di poter acquistare, ma in seguito alla sua risposta si elevò un coro scontento.

<Che peccato>.
Disse una.

<E io che ci speravo>.
Borbottò un'altra.

Con un certo imbarazzo rimasero in silenzio per qualche secondo, lasciando *Aleax* pensare che stessero per tornare alle loro faccende, ma mentre portava in avanti il proprio baricentro per tornare a muoversi e scuotere debolmente il capo…

<Avresti potuto dirlo prima che non eri un mercante!>.
Si lamentò la donna stringendo le braccia al petto in una posa di sincero fastidio.

<Non me ne avete dato il tempo>.
Spiegò l'uomo cacciando un sospiro e abbassando le spalle di una abbondante decina di centimetri alla vista di quanto i terrestri potessero essere in grado di dare agli altri la colpa per i propri errori.

Non che fosse una novità nemmeno da parte di altre razze aliene, ma per i terrestri, in generale, **Raven** provava un leggero ribrezzo, probabilmente unicamente a causa di quello che aveva subito su quello stesso pianeta millenni più tardi.

Sorvolando riguardo l'affermazione dell'egiziana, piuttosto approfittò per farle una domanda:

<Potreste dare un'informazione ad un incauto uomo, e purtroppo, "non" mercante?>.
Chiese con sorriso affabile mentre ella si metteva in ascolto.

<Dite>.
Concesse la parola all'avventuriero con un tono piuttosto tranquillo, nonostante la bufera di delusione che si era precedentemente generata.

<Come è possibile richiedere un colloquio con la regina?>.
Aleax doveva aver chiesto qualcosa di così strano e fuori dal mondo poiché ovviamente la donna sbarrò gli occhi facendo un passo indietro, allibita da cosa avesse sentito provenire dalle sue labbra e mettendosi una mano a pararsi il petto mentre stringeva gli occhi nella sua direzione per metterlo meglio a fuoco.

<Siete impazzito?>.
Chiese sinceramente, accertandosi che nessuno l'avesse sentito, con un tono vagamente preoccupato per la propria salute (quella della donna che stava parlando, non certo quella di **Raven)**.

<No...no... guardi... Devo parlarle urgentemente di una cosa importantissima>.
Spiegò con tono affabile ed ancora più dolce rispetto a prima.

<No...non penso sia possibile>.
Ammise piuttosto scettica.

<A meno che non siate un nobile o l'ambasciatore di qualche altro sovrano, ma non mi sembra che lo siate...>.
Spiegò con sincerità dando una occhiata intera alla fisionomia del proprio interlocutore da testa a piedi.

<No... No, non lo sembrate affatto>.
Ammise nuovamente mentre rimaneva ancora sulla difensiva.

<Provate a dirmelo comunque>.

Propose, ma la donna scosse il capo.

<Mi dispiace, devo andare...ho lasciato il latte sul fuoco!>.
E detto questo l'egiziana andò via alla velocità della luce lasciandolo solo e imbambolato davanti alla via che aveva ripreso a popolarsi.

Non capendo dove avesse sbagliato, **Aleax**, che fortunatamente non accusava il caldo torrido grazie alla tuta termo-regolatrice che nascondeva sotto ai vestiti logori, decise di rimettersi in cammino mentre si guardava in giro pensando che **Eledef** doveva davvero smetterla di scegliere posti così caldi per i suoi piani di conquista.

Mentre continuava ad avanzare e ad ammirare l'imponenza del palazzo reale che si faceva via via più vicino, molto prima dell'entrata effettiva di quest'ultimo, dei gendarmi si piazzarono di traverso incrociando le picche per allontanarlo.

<Ehi Tu!>.
Dichiarò un soldato dai tratti duri e risoluti rivolgendosi chiaramente a **Raven** anche se quest'ultimo indicava sé stesso facendo finta di non aver compreso.

<Si, tu. Che cosa credi di fare?>.
Chiese retorico facendo un belligerante passo in avanti e gonfiando il petto.

<I miei saluti, vorrei parlare con la regina. È un'emergenza>.
Esclamò **Aleax** ottenendo in risposta solo sguardi allibiti tanto che dovettero farsi ripetere dagli altri attorno che cosa avesse detto per essere certi di aver capito bene.

<Chi credete di essere straniero? Non sta a voi decidere se qualcosa è un'emergenza o meno>.
Dichiarò intransigente.

<Non si può, è una cosa importante, siete pregati di farmi passare per poter conferire con la regina>.
Disse di nuovo **Raven** mettendo più enfasi nelle proprie parole, per far capire che non stesse scherzando.

Ovviamente comprendeva a pieno la diffidenza della guardia: uno sconosciuto vestito di stracci si presentava per chiedere un urgente colloquio alla regina d'Egitto... pura follia!

Di certo però non si aspettava che il gendarme avrebbe d'impulso cercato di infilzarlo con la sua lancia, anche se il viaggiatore temporale riuscì prontamente a schivarla per un soffio.

<Ho detto che non potete. Andatevene o alla prossima non mancherò il bersaglio, lurido straccione>.
Aleax era abbastanza sicuro di poterla schivare nuovamente, ma per evitare di causare problemi, alzò le mani dimostrando di essere (apparentemente) completamente disarmato.

<Non posso perdere tempo con questi terrestri primitivi... Alla fine sono qui per alterare il corso della storia, che senso ha essere così tanto discreto... Che abbiano pure un assaggio di "futuro">.
Borbottò **Raven**, cambiando idea improvvisamente, prima di estrarre la propria lama di luce facendo elevare cori di ammirazione e paura anche da parte di militi e passanti.

<La Luce! La Luce!>.
Dicevano alcuni, mentre uno si avvicinò a colui che aveva tentato di trafiggere l'incappucciato e afferrandolo per un braccio lo fece desistere.

<Io sono l'incarnazione del DIO DELLA LUCE! Fatemi passare!>.
Improvvisò completamente a caso **Raven** mentre tutti gli altri si inchinavano in segno di devozione.

Sentendosi in imbarazzo per la situazione prima di tutto si scusò con **Sansy** per essersi paragonato a lui, anche se non poteva comunque sentirlo, poi simbolicamente chiese venia anche ad **Anubis** per averlo definito "eretico" nell'antro di **Principio Gallio**.

Alla fin fine per farsi rispettare da quegli uomini cosi selvaggi la soluzione più semplice, in quel caso, era quella di presentarsi come esseri superiori.

<Dunque, ora posso vedere la regina?>.
Chiese di nuovo cortesemente mentre il capo del gendarme era restio ad alzare lo sguardo per paura di incrociarlo con il suo.

<Chiedo perdono, "DIO DELLA LUCE", ho errato. Con la vita... pagherò pegno e....>.
Aleax lo interruppe agitando una mano come per dire che non ve ne fosse bisogno.

<Non voglio la tua vita, non mi hai arrecato offesa comune mortale...>.

Raven ci stava quasi prendendo gusto nel fare la parte del fastidioso dio supponente e saccente.

<...Ma voglio vedere la regina>.

Chiese nuovamente mentre quello si girava attorno come a cercare supporto ma gli altri soldati si guardavano bene dall'immischiarsi in quella situazione così spinosa.

<Noi crediamo ciecamente che veniate dai Cieli, ma per la sicurezza della regina, vi supplichiamo di accettare di essere legato e scortato all'interno>.

Ancora una volta il viaggiatore temporale fu accondiscendente: si lasciò legare e poté salire i primi gradini mostrando sincero sbigottimento alla vista del palazzo reale che da vicino era ancor più maestoso e sontuoso.

Una delle serve del palazzo avvisò le guardie davanti a **Raven** che la regina si era chiusa nel santuario per pregare però tutti convennero che il crimine e l'urgenza di far tagliare la testa al folle avesse la priorità anche sulla meditazione della sovrana.

<Che succede?>.

Chiese una voce femminile dal tono altezzoso che **Aleax** riuscì a comprendere solo grazie al traduttore automatico.

<Questo eretico ha quasi creato una sommossa, dice di essere il "DIO DELLA LUCE" e molti sudditi già ci credono, mia Regina, come volete punirlo?>.

Raven, che a quanto pare non era stato molto credibile come divinità, accolse in silenzio quelle parole mentre un gendarme si stava preparando ad affondare una lama nella sua gola:

<Slegatelo... E fatelo entrare... Da solo>.

Decretò a gran voce **Cleopatra**.

Quando le guardie proposero che non fosse una buona idea, un fulmine di luce porpora uscì dalla stanza e si schiantò al suolo annerendo il pavimento a pochi centimetri dai piedi dell'egiziano che aveva parlato.

<Osate insinuare che sia così debole?>.

Esclamò facendo crollare in ginocchio come tessere del domino i soldati, che una volta liberato *Aleax*, chiesero tutti perdono per la loro insolenza:

<Fate come vi è stato ordinato e andate >.

I sudditi obbedirono senza più discutere se fosse una buona idea o meno.

All'interno della saletta dozzine di statue di dei dalle fattezze umane e animali osservavano *Aleax* con fare inquisitorio, ma nessuna di esse incuteva timore quanto lo sguardo della Regina *Cleopatra* dagli occhi freddi e astuti che brillavano alla luce delle torce.

In più dato che la stanza non aveva alcuna finestra, uno stagnante odore di incenso creava una pesante nube di nebbia che intontì per qualche secondo l'uomo.

<Dunque, saresti tu il sicario... ridicolo. Ti ridurrò in cenere! >.

Urlò la sovrana alzando le mani al cielo e generando improvvisamente dai palmi una moltitudine di fulmini porpora diretti verso il povero **Raven** che sbarrò gli occhi dalla sorpresa attivando rapidamente lo scudo di energia del **Super-Shock**.

<No, no! Fermatevi! Io sono un viaggiatore del tempo, arrivo dal futuro ed è stato scritto che oggi sareste morta, quindi sono giunto a offrirvi aiuto!>.

Replicò cercando di dare quanta più enfasi possibile alle proprie parole anche se essere credibile in quella situazione risultava parecchio complicato: a testimonianza di ciò il volto della regina si storpiò ancor più di sospetto e ferocia.

*<Mi prendete per folle? Il dio **Anubis** mi ha già avvisato dell'arrivo di un assassino, e noto che non siete nemmeno dei più furbi>.*

Insinuò pesantemente raddoppiando la dose di saette rivolta contro **Aleax**, che si stava ancora riparando saldamente dietro al deflettore senza muoversi di un millimetro per non spaventarla ulteriormente.

*<**Anubis**... beh... è un mio "collega">.*

Provò a spiegare con parole semplici, quando improvvisamente si ricordò dei monumenti distrutti dal **RmR**.

<Vi ha parlato anche della piramide, vero?>.

Chiese, ottenendo uno sguardo più indagatore dalla donna che improvvisamente fermò l'attacco.

<Come... Come fai a saperlo?>.

Borbottò sospettosa.

*<Ve lo ho detto, siamo "colleghi" ... Vengo dal futuro e le piramidi verranno distrutte da **Eledef**, ma non ne conosco la ragione>.*

Chiarì per cercare di guadagnare ulteriormente la fiducia di **Cleopatra**.

*<Anche il nome **Eledef** non mi è nuovo...>.*

Rispose alzando il mento in tono di sfida, quando di colpo la vocina di **Nellah** uscì dal **Super-Shock,** senza fare tanti complimenti, rischiando di far venire un infarto alla donna che si appiattì al muro:

<Papino, non c'è più tempo. Dalle parole della regina è facile intuire che il suo non sia stato realmente un suicidio. Fate molta attenzione, potreste venire attaccati da un momento all'altro!>.

Cleopatra doveva aver ascoltato circa solo un paio di parole, perché indicò l'orologio balbettando:

<Il tuo braccio... Parla? Hai altre voci! Hai poteri anche tu?>.

L'uomo alzò gli occhi al cielo con un mezzo sorriso, d'altronde avrebbe dovuto aspettarsi una simile reazione.

<No, è mio figlia>.

Cleopatra impallidì ulteriormente.

<Il tuo braccio è "tuo figlia"?>.
Disse mentre si sforzava di comprendere da dove potesse provenire quella voce, non riuscendo a vedere **Nellah** poiché rimasta fisicamente alla macchina del tempo.

<Questo è un comunicatore a distanza, ma non è importante. Sovrana dell'Egitto, sono qui per salvarvi, non sono io il vostro nemico: sta a voi credermi e permettermi di spiegare tutto... o morire>.
Esclamò **Raven** ponendole un ultimatum che faceva seguito alle parole preoccupate di sua figlio per l'imminente arrivo di un ipotetico assassino.

<Va bene, ti concedo parola viaggiatore>.
Diede il consenso con una sferzata elegante della mano, e così le spiegò del *Viaggio Nel Tempo*, del suo *"presunto suicidio"*, del futuro del pianeta, dei mostri e del virus.

Man mano che la istruiva, notava che la donna sembrava essere sempre più incantata ed immersa nei suoi racconti.

<Ora vi siete convinta?>.
Chiese velocemente con l'obiettivo di riprendere il prima possibile la missione mentre lei annuiva assorta.

<Quindi, siete giunto nel passato per attivare le piramidi?>.
Domandò osservandolo con rispetto.

<No... O meglio, non saprei>.
Rispose mentre la donna aggrottò le sopracciglia.

*<Voglio dire... Io non ho parlato direttamente con **Anubis**, è possibile mettersi in contatto con lui?>.*
Cleopatra scuoteva già il capo in segno di negazione alla sua richiesta.

<Non posso, nessuno può, è da moltissimo tempo che non si fa sentire; il suo ultimo messaggio è in un luogo protetto e nascosto ma non spiega come usare le piramidi>.
Riassunse la regina mentre l'uomo mormorava.

<Va bene, vi ringrazio, è già qualcosa. Mi piacerebbe udire con le mie orecchie questo messaggio, è possibile?>.

Cleopatra annuì senza trovare niente in contrario, d'altronde avevano consolidato abbastanza la loro conoscenza per poter credere che **Raven** fosse davvero chi diceva di essere e non lo sgherro di qualche malvagia entità sovrannaturale.

CAPITOLO 9
LA RESA DEI CONTI

*La Piramide di **Anubis***

Mentre la sovrana gli faceva strada, dirigendosi all' esterno del santuario attraverso un magnifico giardino, *Aleax* veniva costantemente e ripetutamente stordito dalla bellezza sgargiante dell'Egitto altolocato e della regina stessa.

Il mezzo di trasporto che utilizzarono per compiere il tragitto fino alla *Piramide* era estremamente bizzarro per un uomo del futuro abituato a sfrecciare a bordo di astronavi e altri sofisticati veicoli: la regina infatti sfoggiò la sua miglior lettiga sorretta dai più forzuti ed instancabili schiavi.

Raven, trovò il viaggio particolarmente imbarazzante in quanto, sbirciando attraverso i tendaggi usati per nascondere le loro identità, vedeva costantemente sudditi inchinarsi al loro passaggio e il costante oscillare della "vettura" gli ricordava sempre che stava sfruttando delle persone come forza motrice.

Nonostante ciò, in compenso fu un viaggio relativamente tranquillo anche se qualcuno ogni tanto gridava di qualche serpente che si stava avvicinando troppo e le guardie prontamente lo scacciavano.

<Pare che stia andando tutto bene, chissà quando si farà vivo il sicario...>.
Pensava fra sé e sé l'uomo storcendo le labbra, ma dopo poco, contro ogni aspettativa e relegando la silenziosa domanda in un angolo della sua mente, decise di cercare, per quanto possibile, di rilassarsi sui cuscini mentre il dondolio lo cullava dolcemente.

Poco dopo, il breve pisolino venne bruscamente interrotto quando all'improvviso si stopparono e sentirono il palanchino abbassarsi di diversi metri fino a trovare la salda terra a fermare la discesa.

Le guardie aprirono un lembo delle coperte per permettere a *Raven* di uscire e guardarsi attorno: erano tornati nel deserto ma a pochi passi sorgeva imponente la maestosa piramide che dovevano raggiungere a piedi per riuscire a terminare la missione.

I blocchi, lisci e lucenti, erano allineati con una perfezione millimetrica ma subito, notando *Cleopatra* che gli si affiancava, tornò a concentrarsi su di lei mentre gli indicava l'entrata con il mento.

<La dentro>.

Spiegò mentre precedeva *Aleax*: inizialmente non era difficile trovare la via, essendo letteralmente un unico corridoio nella roccia, ma lentamente il percorso si faceva sempre più contorto man mano che la torcia si consumava verso l'intestino della piramide, lasciando *Raven* ad ammirare i geroglifici, le pitture e il resto.

Dopo aver camminato per diversi minuti entrarono in una stanza apparentemente vuota al netto di uno scintillante blocco rettangolare di qualche strano materiale metallico addossato ad una parete opposta all'entrata.

<Questa è la cripta>.
Spiegò *Cleopatra* facendo il giro della stanza per accendere le torce appese alle pareti lasciando l'incappucciato guardarsi attorno.

<Dunque dov' è?>.
Domandò semplicemente mentre la regina si mosse facendo frusciare l'abito di lino verso il blocco e, una volta poggiata la sua mano nel centro dello stesso, comparve un messaggio olografico registrato da *Anubis* in persona:

<Sudditi terrestri. Io sono Anubis. Per grazia del Divino Sansy avete ricevuto l'onere e l'onore di custodire e preservare il monumento nel quale vi trovate...

...Anni or sono il Primo dei figli di Sansy, il Purissimo Ingegnere INOX, prima che la sua luce venisse meno, ha sparso per

l'universo decine delle sue preziose creazioni. Questa struttura ne è un glorioso esempio...>.

Udendo il nome di **Inox** ad **Aleax** sobbalzò il cuore per l'emozione: pur non avendolo mai conosciuto di persona, poiché scomparso probabilmente ancor prima della sua nascita, è a conoscenza del fatto che il suo amato **Super-Shock**, l'arma che lo ha reso quello che è, sia un'altra delle invenzioni dell'Purissimo *Ingegnere*.

<...Quando sarà giunto il tempo dello scontro finale contro il male assoluto Eledef, questa Piramide si innalzerà al cielo per ricongiungersi a Doommonia. Per ultimare il processo c'è bisogno però del mio intervento...>

Raven non voleva distrarsi troppo dall'importante discorso ma un brusio indistinto, come un'interferenza di intensità lentamente crescente, catturava sempre più la sua attenzione ed egli in cerca di conferme guardò la regina che invece era inginocchiata in terra ad omaggiare l'ologramma di **Anubis**.

<...Io, il grande Anubis, preposto ad assolvere a questo compito, purtroppo sono caduto vittima di una maledizione...

...è per questo Cleopatra che ho bisogno di te per spezzarla. Ti ho conferito, donandoti una parte dei miei poteri, la capacità di attivare la piramide: non devi fare altro che ... bzzzz .... bzzz .... bzzzz ... bzzz ... >.

<Ma che succede? Le ultime parole sono incomprensibili! La registrazione è danneggiata? >.

Esclamò **Raven** come se fosse stato privato del finale di un film mozzafiato potendo solo vedere, senza sentire, la bocca di **Anubis** muoversi per poi congedarsi con il singolare saluto tipico dei *Cavalieri di **Sansy***.

Cleopatra finalmente si sollevò mettendo a posto la tunica di lino e ponendo le mani in grembo si rivolse al guerriero:

<Purtroppo non c'è modo di decifrare la parte finale del messaggio...>.

Aleax era ancora immerso nei suoi pensieri e solo dopo un secondo si rese conto di poter parlare.

<Eh sì. Un vero peccato>.

Ammise, d'altronde qualsiasi arma avrebbe davvero aiutato nella guerra contro *Eledef* molti anni più in là.

<Papino, ho registrato tutto! Potrei provare a pulire il suono>.
Si sentì dal *Super-Shock* la vocina del figlia.

<Wow... ne saresti in grado?>.
Chiese *Raven* reticente a credere che potesse davvero farcela con un messaggio così vecchio e malmesso>.

<Farò finta di non aver sentito... il mio maestro ha dotato il computer di bordo di questo veicolo delle più avanzate tecnologie>.
Si irritò la piccolo scienziata facendo sorridere *Cleopatra* che la immaginava come una tenera bimba, non avendolo mai vista in volto.

<Sarebbe magnifico! Vi eleggerò eroi e verrete mummificati con me alla mia dipartita per servirmi anche nell'aldilà>.
Promise la sovrana senza lasciar intendere se fosse ironica o meno.

<Certo, certo... Seppellire la gente con sé per ritrovarsela nell'aldilà ... ahah ...

... Ma voi davvero credete in questa roba o è solo una scusa per togliere di mezzo qualcuno troppo fastidioso... ahah ...?>.
Esclamò *Aleax* sarcastico ed irriverente, dando per scontato che ella stesse scherzando.

<E perché voi davvero credete in quel tale Sansy?>.
Domandò la regina, che evidentemente era seria, quasi offesa dall' insolenza del viaggiatore temporale.

<Beh... Lui... Se lo chiamo mi parla, non in questa epoca, ma ti assicuro che nel futuro lo fa, prendimi in parola, è la verità >.
Asserì *Raven* rendendosi conto di non avere, al di fuori della propria fede incondizionata, prove concrete per avvalorare la sua tesi.

<Va bene! Basta, niente mummificazione. Piuttosto quanto tempo servirà per la registrazione?>.
Domandò la regina riguardo al restauro, ma non potendo fare una stima precisa, *Nellah* propose un'altra soluzione, sempre parlando attraverso il *Super-Shock.*

<Mi spiace, ma l'IA deve ricostruire artificialmente ogni singola sillaba. Vi contatto io a processo ultimato...>.

Borbottò la scimmietta mentre la regina parve intuire che qualcosa non stesse andando per il verso giusto.

<Ancora una volta il tempo è il nostro nemico... lo è stato fin dall'inizio di quest'avventura>.
Profetizzò ***Aleax*** con (~~inutile~~) saggezza.

<Il problema ora è che purtroppo abbiamo un assassino alle calcagna...>.
Completò il concetto ***Cleopatra.***

<I testi dicono che vi siete suicidata oggi, per lo più avvelenata, regina>.
Spiegò ***Raven*** con un tono estremamente cauto, ma ***Cleopatra*** alzò il capo impettendosi con orgoglio.

<Follia! Non ho alcuna intenzione di uccidermi e abbandonare le mie spoglie mortali>.
Affermò con sicurezza.

<Ammettendo che sia possibile, l'avvelenamento intendo, è probabile che il sicario sia riuscito in qualche modo ad iniettarmi del veleno facendo poi credere a tutti che io lo abbia fatto volutamente>.
Ammise la donna con tono meditabondo.

<Non vi preoccupate, ci siamo noi>.
Replicò ***Aleax***, forse con un tono troppo da spaccone, per cercare di infondere quanta più sicurezza a quella donzella in difficoltà: ella fortunatamente in risposta sorrise con gentilezza.

Durante il discorso ***Raven*** udì, questa volta con estrema certezza, qualcosa di strano provenire dal corridoio da cui erano giunti, come di qualcosa di pesante che veniva trascinato, e anche ***Cleopatra*** lo sentiva, stando al suo sguardo smarrito.

<Come? Puoi ripetere non riesco a sentirti bene...>
Esclamò ***Nellah.***

Come rane immerse in un calderone d'acqua portata lentamente a bollore, non si erano accorti del rumore sibilante di sottofondo che gradualmente aumentava d'intensità fino a che non si ridussero entrambi quasi a dover urlare per poter parlare fra loro.

<Penso sia arrivato, stai qui, tendiamogli una trappola>.

Mormorò *Aleax* mentre armeggiava con il **Super-Shock** ignorando le vaghe rimostranze della regina nel dover fare da esca presto zittite dato che *Raven* era sparito mimetizzandosi perfettamente con i dintorni.

Cleopatra solo concentrandosi e sapendo dove guardare poteva notare l'alone trasparente della figura umanoide, ma presto dovette distogliere lo sguardo per far finta di essere particolarmente interessata al messaggio di *Anubis* mentre il suono scivolante continuava ad avvicinarsi.

Lentamente *Aleax* attendeva che si palesasse il nemico fremendo nel suo nascondiglio: resosi conto che fosse nient' altro che un serpentello pasciuto che scivolava verso la regina e, ben prima che potesse arrivare a morderla, lo tranciò facilmente a metà rendendosi di nuovo visibile.

<Non può essere quel serpente l'assassino...>
Pensò fra sé e sé la sovrana.

<Ti è andata male questa volta! Avanti! Mostrati!>.
Chiocciò *Raven* con un sorrisetto furbo riferendosi alla realtà parallela in cui, prima del viaggio nel tempo, il nemico sarebbe riuscito nel suo intento omicida.

Subito dopo la provocazione dell'incappucciato, l'entrata venne oscurata da un'ombra che sembrava sicuramente essere quella di una corpulenta persona, o almeno il suo busto lo era.

Mostratasi nella sua interezza, la nefasta creatura, umana fino alla cintola, lasciava poi spazio al corpo di un serpente corallo, bellissimo e letale come i tratti del volto coperto da una folta barba e gli occhi di luce ambrata che si potevano scorgere al di sotto di un elmo da antico soldato romano.

Con voce sibilante si presentò indicando ovviamente la regina:
*<Io sssono **Cobra Centurion**, ssservo di **Eledef**, fatti da parte uomo o morirai anche tu asssieme a cossstei>.*

Lei impavida in risposta alzò il pugno in tono di sfida mentre **Aleax** si preparava al combattimento senza però scomporsi troppo: nel corso della sua vita aveva affrontato mostri ben più pericolosi di quel mezzo serpente.

Anche **Cobra** sorrise perfidamente stirando le labbra rosso ciliegia che richiamavano la fantasia della coda.

A **Cleopatra** qualcosa non tornava o l'avversario era sicuro di vincere con facilità o aveva qualche asso nella manica.

<Tanto meglio... Emersssione!!>.
Sibilò mostrando la lingua biforcuta.

Anziché attaccare frontalmente, a sorpresa sollevò le braccia mentre indietreggiava con il corpo: come per magia dozzine di comuni serpenti, ma altamente velenosi, emersero dal terreno lanciandosi prontamente a fauci spalancate contro i due eroi.

<Maledizione, forse questi sono un po' troppi per me, anche un graffio potrebbe rivelarsi letale senza un adeguato antidoto>.

Ammise **Raven** valutando in fretta che non sarebbe potuto riuscire a fendere tante serpi senza essere morso.

<Lascia fare a me>.
Replicò con tono saccente **Cleopatra**, facendogli segno di allontanarsi con uno sventolio di mano: socchiudendo gli occhi, creò una densa nube che ascese fino a toccare il soffitto della stanza.

Arrivata alla massima altezza esplose generando una tempesta di fulmini porpora che fecero contorcere i letali animaletti e saltellare **Aleax** per schivare il fuoco amico.

L'attacco doveva aver fatto parecchio male, soprattutto emotivamente, all' ibrido serpentesco perché subito scattò in avanti, non appena la nuvola fosse sparita, per controllare i corpi carbonizzati degli altri serpentelli.

Come un padre alla morte dei loro figlioli, sinceramente dispiaciuto, spostava convulsamente le piccole carcasse alla ricerca di qualche superstite, ma **Cleopatra** aveva fatto un lavoro eccelso.

<Morte! Morte!!>.
Gridò disperato, spingendosi subito addosso a **Raven** e afferrandogli il polso con cui brandiva la spada energetica prima che potesse tirargli un fendente.

In risposta la regina ricominciò a volteggiare le mani per scagliare altre formidabili saette ma **Cobra Centurion,** alto forse più di due metri, prontamente sollevò per il braccio l'incappucciato, grazie alla sua immensa forza fisica, e lo pose davanti a sé come scudo in modo che se **Cleopatra** avesse voluto incenerirlo avrebbe dovuto colpire anche **Aleax**.

<Fermati, tu eri un umano? Vero? Perché vuoi uccidere la regina? Senza di lei il tuo pianeta cadrà nell'oblio!>.
Provò a dialogare mentre cercava di divincolarsi dalla morsa.

<Non posso, non voglio, il patto...>.
Rispose colpendo intanto **Raven** con la coda facendolo sbuffare per l'aria che usciva passivamente dai polmoni.

<Il patto?>.
Chiese **Cleopatra** alzando un sopracciglio.

*<Il patto con **Eledef**. Conosco un detto terrestre a riguardo: ricorda che "il diavolo fa le pentole ma non i coperchi", o almeno credo si dica così. Ad ogni modo qualsiasi cosa ti abbia promesso è probabile che non esista o che non sia realizzabile >.*
Esclamò sofferente il viaggiatore temporale.

<Non conosco questo modo di dire, forse verrà inventato nel futuro>.
Lo interruppe la sovrana incuriosita da quella strana frase.

Ti sbagli lui è sincero, mi ha promesso ricchezze infinite e che sarei diventato l'imperatore d'Egitto in cambio della mia fedeltà: la regina deve morire e dopo la sua dipartita ha detto che accadrà qualcosa di sensazionale!>.
Riprese l'uomo serpente tenendosi la mano libera la testa che stava vistosamente aumentando di volume, come se dovesse scoppiare.

Aleax approfittò di quel momento di distrazione per liberarsi dalla morsa sferrando un calcio di tacco all'avambraccio del mostro.

<Maledetto! Ora ti ssstritolo!>
Dichiarò buttandosi di nuovo all'attacco provando a dare codate, mordere e graffiare, ma questa volta lo spadaccino, ostacolo maggiore tra lui e il suo obbiettivo principale, non si fece cogliere impreparato ed adoperò subito la lama di luce inducendo il serpentone ad arretrare per non essere dilaniato.

<Ti farò a fette!>.
Esclamò ***Raven*** mentre parava di piatto, rinviava all'altro i colpi e assorbiva con lo scudo le codate che non riusciva ad intercettare.

<Aspetta papino... non riesco a sentire quasi nulla...

...la trasmissione è troppo disturbata e c'è moltissimo rumore...

*...Spero di avvisarti in tempo e spero che tu riesca a sentirmi: rilevo che quel mostro è pieno di **gas velenoso**...*

*...e quel gas contiene proprio il **virus mostruosizzante** che stiamo cercando...*

...Se lo uccidi, o probabilmente anche se lo ferisci solamente, il gas potrebbe incominciare a diffondersi nell' aria!>.
Facile a dirsi, d'altronde ***Nellah*** era in macchina ad aspettarlo, ma impeccabile come sempre, il suo tempismo era stato perfetto.

Alla luce di ciò i due eroi dedussero che anche **Cobra** fosse una vittima di **Eledef**: gli aveva *sì* donato dei poteri eccezionali per uccidere la regina, ma allo stesso tempo molto probabilmente "*come ricompensa*", a missione compiuta, il *Maligno* l'avrebbe fatto esplodere, come una bomba biologica ad orologeria, causando il rilascio di tutto il *gas virulento* con cui l'aveva imbottito a sua insaputa.

*<Se non posso colpirlo che faccio? Lo facciamo ubriacare per addormentarlo? **Nellah**? Mi senti?>.*
Chiese **Aleax** ironicamente, citando inconsapevolmente l'escamotage omerico prima di uggiolare nuovamente di dolore nel subire un'altra spazzata di coda che quasi lo fece finire a gambe all'aria.

<Potremmo provare a rinchiuderlo da qualche parte>.
Propose **Cleopatra**.

<Non vorrei fare il guastafeste...>.
Borbottò **Raven**, dando una spallata al cobra per recuperare un po' di terreno.

<...Ma dove la troviamo una stanza sigillata ermeticamente in quest'epoca?>.

Cleopatra rispose in fretta alla sua domanda mentre indietreggiava verso l'entrata usata poco prima:
<Beh... ci troviamo in una cripta... questo tipo di stanze, una volta chiuse, possono impedire qualsiasi scambio con l'esterno, persino la fuoriuscita di aria o altri gas!>.

<Perfetto allora! Che incredibile coincidenza! Chiudiamolo qui dentro!>.
Ordinò **Aleax**, senza badare al fatto che nella stanza ci fosse ancora l'indispensabile *blocco metallico* di **Anubis** e che il nemico probabilmente sarebbe riuscito a sfondare la porta con la coda: banali piccoli errori di valutazione dovuti alla foga della battaglia e al fatto che **Nellah**, non riuscendo a sentire più nulla, non potesse dispensare i suoi preziosi consigli.

Fortunatamente **Cobra** si rivelò persino meno scaltro dei suoi avversari, ed intuendo il piano che aveva appena sentito di volerlo chiudere lì, improvvisamente spalancò le sue fauci emettendo un violento getto di gas velenoso compresso che, a contatto con l'ossigeno atmosferico, istantaneamente si incendiò trasformandosi in un micidiale turbine di fuoco diretto verso la regina.

Raven prontamente, quasi istintivamente, spinse **Cleopatra** indietro con una schienata ed intercettò l'attacco di **Centurion** con un maestoso raggio di energia blu generato direttamente dal **Super-Shock**.

Lo scontro fra le due onde energetiche sembrava essere perfettamente alla pari ma in realtà **Aleax** si stava solo trattenendo per paura di causare la prematura dipartita del nemico:
<Vai! Sigilla la cripta! Tengo io a bada questo serpentone!>.

<Ma rimarrai intrappolato anche tu!>.
Gli fece notare **Cleopatra** mentre l'eroe sbuffava di fatica.

<Non preoccuparti per me, ho un piano! Ci penserà il "me stesso" del futuro a risolvere tutto!>.
Esclamò **Raven** pronto ad immolarsi per il bene dell'universo.

*<Addio **Cleopatra**... Ci rivedremo... Nell'avvenire... Dovrai spiegare tu a **Nellah** la situazione>.*
Aggiunse, lasciando la donna interdetta per qualche istante prima che si decidesse a chiudere la massiccia porta di pietra della cripta per poi uscire, con il cuore pesante, dalla *piramide*.

EPILOGO

Il "Mostruoso" Papino Malvagio

Aleax, ormai bloccato all' interno, riuscì a terminare in fretta la vita di **Cobra Centurion** cominciando ad inalare a pieni polmoni la puzza di cadavere e veleno fino ad assimilarlo completamente nel suo corpo, respirando sempre più a fondo.

Non sapeva quanto tempo sarebbe riuscito a resistere prima di smarrire la ragione ma di certo confidava nella sua fede in **Sansy**, che lo avrebbe aiutato a ritardare il più possibile le *mutazioni mostruosizzanti*.

Malauguratamente solo dopo pochi minuti i primi effetti del gas cominciavano già a farsi strada nel corpo iniziando a dilaniare le sue carni provocandogli un dolore tale da farlo inginocchiare: solamente un sentimento lo frenava dal desistere, la speranza di poter riabbracciare, un giorno, **Nellah** e i suoi amici perduti.

Già allo stremo delle forze, prima ancora che **Cleopatra** riuscisse a mettere piede fuori dalla piramide, decise di sfruttare a pieno la potenza del **Super-Shock** grazie al quale si pose in un campo di stasi perpetuo: uno stato letargico che gli avrebbe permesso di rimanere immobile senza consumare ossigeno o dover mangiare per un indefinito intervallo di tempo.

Non riuscendo più a muoversi, nemmeno per urlare di dolore, solamente la voce di **Anubis** allietava la sua lunga attesa: entrato in risonanza con l'orologio donatogli da **Inox**, il lucente blocco metallico rimasto nella cripta iniziò a riprodurre registrazioni olografiche che mai aveva mostrato prima, neppure alla regina d'Egitto…

Racconti di tempi passati e letali nuove tecniche di combattimento ancestrali affollavano la mente del guerriero che, lentamente ed inesorabilmente, apprendeva mentre perdeva lentamente la sanità mentale.

Pian piano, col passare degli anni, percepiva che qualcun altro stesse prendendo sempre più posto nella sua mente, qualcuno esattamente come lui, che sapeva tutto quello che sapeva lui, ma che stava man mano conquistando il controllo del suo corpo ed era migliaia di volte più malvagio di ogni altro mortale.

Tornando all'antico Egitto, **Cleopatra**, uscendo dalla grande piramide, vide uno strano oggetto volante fatto di vetro e lamiere atterrare davanti a lei: era **Nellah,** che preoccupata per aver perso ogni contatto radio con loro, stava parcheggiando la Macchina Del Tempo pronto ad entrare a piedi con la ricostruzione completa del messaggio di **Anubis**.

Ruggendo come un leone metallico, il veicolo si fermò di fronte a **Cleopatra** che aveva sgranato gli occhi dalla confusione.

La sua espressione si acuì ulteriormente quando da essa venne fuori proprio **Nellah**: una minuscola scimmietta che le fece emettere un gridolino spaventato: un acuto che anche il piccola, per la sorpresa d' aver sentito qualcuno urlare, emulò istintivamente senza aver colto di essere lei stesso il motivo della paura della regina.

Dopo qualche istante, terminato quel teatrino, si resero finalmente conto che nessuna delle due aveva intenzione di aggredire l'altra e si rasserenarono fronteggiando un momento di silenzioso imbarazzo.

Si fissarono per alcuni altri istanti prima di rivolgersi la parola:

<Dunque, tu saresti la persona che parlava dallo strano bracciale al polso del viaggiatore temporale?>.

Domandò con un tono piuttosto impacciato la regina, affinché fosse la prima a rompere il ghiaccio che si era formato.

*<Esatto! Piacere Regina **Cleopatra** sono **Nellah**, sono il figlia di **Raven**!>*.

Dichiarò annuendo la bambino scimmietta lasciando di stucco **Cleopatra**, che solo adesso era riuscita ad intuire il significato del termine *"papino"* che **Nellah** era solita utilizzare quando si rivolgeva al guerriero.

<Capisco, certo... è ovvio "papino">.

Rispose fissando un punto nel vuoto: la sovrana stava disperatamente cercando di allontanare il pensiero di con chi o cosa si fosse accoppiato **Aleax** per generare quella creatura ibrida.

Mentre era ancora assorta nei suoi pensieri la piccolo la interruppe guardandosi attorno.

<Ma... ma... dove è il papino?>.

Chiese impaurita tenendosi stretto il camice per evitare che troppa sabbia le invadesse la pelliccia.

Cleopatra abbassò lo sguardo.

<A tal proposito... ehm... come posso...>.

Si sforzava di trovare le parole migliori, dato che persino lei non sapeva come spiegare, a quella che comunque le pareva una bambina, che cosa fosse successo al genitore.

Talvolta il silenzio vale più di mille parole: **Nellah** dovette aver intuito tutto perché i suoi occhioni intelligenti si spalancarono improvvisamente.

<È rimasto dentro...?>.

Chiese sottilmente, come se il solo fatto di dirlo lo avesse reso più reale e terribile, e l'annuire di **Cleopatra** non fece altro che peggiorare la situazione.

*<Oh no, adesso arriverà il **Papino Malvagio**, non sarà bello, non lo sarà affatto!>*.

Pigolò spaventata mentre la sovrana trovò il coraggio di spiegargli per filo e per segno tutto quello che era accaduto all'interno.

Via via che ascoltava, **Nellah** si convinceva sempre più che in realtà nella cripta della piramide non fosse rimasto altro che l'alter ego cattivo di *Aleax*, ma il fatto che non fosse già uscito di lì sfondando le pareti di roccia parzialmente lo rasserenava.

Decise quindi di concentrarsi su altro per portare a termine la missione:

*<Ho decifrato il resto del messaggio di **Anubis**, dice che la piramide è in grado di accumulare costantemente energia solare grazie alle lastre che la rivestono, e che si ricaricherà tra alcune migliaia di anni>.*

Disse mentre **Cleopatra** annuiva pensierosa.

*<Quando sarà completamente carica dovrete, oh regina, recarvi all'interno della struttura e sfiorare il blocco metallico che conteneva il messaggio di **Anubis**. Solo in questo modo si attiverà un meccanismo in grado ti far levitare la piramide consentendovi di fluttuare nello spazio per ricongiungervi con lui>.*

Concluse mentre la regina crucciò lo sguardo.

<Ma non vivrò mai così tanto tempo...>.

Le fece saggiamente notare, essendo la vita media di un terrestre dell'epoca di poco più di una cinquantina d'anni.

Fortunatamente **Nellah** placò facilmente i suoi timori:

<Anubis ha sopperito a questa mancanza, quando vi ha donato una parte dei suoi poteri: vi ha garantito una longevità molto simile alla nostra. Sai, nel futuro è difficile vedere la gente invecchiare con tutte le conoscenze in campo medico di cui disponiamo>.

C'era però altro che preoccupava la scimmietta.

<Che cosa succede?>

Domandò la donna adulta con la gentilezza che si usa quando ci si rivolge al proprio animaletto domestico.

*<Niente... Stavo pensando che un giorno, se non dovesse uscire autonomamente di li, dovremo riaprire noi la cripta... E lì dentro c'è il **Papino Malvagio**. Saremo costrette anche ad affrontarlo e tutto ciò mi fa un po' di paura>.*

Ammise calciando una montagnola di sabbia ma prontamente **Cleopatra** le rammentò che il piano di **Raven** consisteva nell'allearsi con il proprio duplicato temporale.

Nellah improvvisamente si ringalluzzì.

<Hai ragione! Sarà difficile ma ce la faremo, e riusciremo a portare a termine la nostra missione!>.
Dichiarò piena di positività guardando **Cleopatra** e facendole un buffo inchino.

*<Regina, è stato un onore conoscervi, mi piacerebbe portarvi con me ma il vostro compito è vegliare sulla piramide. Ora andrò avanti nel tempo per riunirmi con la **Nellah** e il **papino** del futuro>.*
Salutò mentre la regina annuiva col capo.

*<Che **Anubis** vegli su di voi mia cara **Nellah**>.*
Le augurò mentre il piccola chiocciò una risata.

*<Preferisco **Sansy**, ma apprezzo comunque!>.*
Rispose **Nellah**, prima di salire sulla macchina del tempo, con stupore di **Cleopatra** che la vide ascendere al cielo oltrepassando l'atmosfera per poi, diretta nel futuro, scomparire in un lampo di luce non appena riuscì a riveder le stelle.

FINE

Printed in Great Britain
by Amazon